Ich kann dich noch sehen
(an diesen Tagen)

Simoné Goldschmidt-Lechner (SGL) schreibt, übersetzt, interessiert sich für (queere) Fandoms online, Horror aus postmigrantischer Perspektive, Sprache in Videospielen und sprachlich Experimentelles. Schreibt seit 2018 literarisch auf Deutsch und Englisch. Seit 2022 Teil verschiedener Theater-, Performance- sowie Filmprojekte. Ihr Debütroman *Messer, Zungen* erschien 2022 bei Matthes & Seitz Berlin. Übersetzungen u. a. von *Against White Feminism* von Rafia Zakaria (2022), *Exponiert* von Olivia Sudjic (2023) und *GOOD TALK* von Mira Jacob (2022).

Erste Auflage Berlin 2024

Großbeerenstraße 57A | 10965 Berlin
info@rohstoff-literatur.de

Umschlag: Marion Wörle, Berlin
Satz: Tom Mrazauskas, Berlin
Druck: Art-Druk, Szczecin

ISBN 978-3-7518-7023-8

www.matthes-seitz-berlin.de
www.rohstoff-literatur.de

Rohstoff Verlag ist ein Verlagsprojekt
von Matthes & Seitz Berlin.

SGL

Ich kann dich noch sehen (an diesen Tagen)

Rohstoff

Inhaltshinweis: Dieser Text enthält Beschreibungen von Polizeigewalt und (häuslicher) Gewalt, sowie sexualisierter Gewalt (nicht explizit). Rassismus, Sexismus (und am Rande Queerfeindlichkeit sowie Gewalt gegen Tiere) werden thematisiert.

Persephone und Kore, zwei Namen einer Göttin. GÖTTIN. ANGEBETETE. Persephone, die zu Hades gehört oder gewaltvoll ihm zugehörig gemacht worden ist, und Kore, »das Mädchen«, Tochter Demeters. Persephone, die ehrwürdige, die großartige, der Respekt gebührt, die nicht von anderen benannt werden darf.

Göttin des Frühlings, Königin der Unterwelt.

Persephone, entführt und vergewaltigt von Hades. Dass der ewige Patriarch Zeus der Vergewaltigung seiner Tochter durch seinen Bruder zustimmte, ist kaum bekannt. Währenddessen roch es nach Rosen, Tulpen, Nelken, währenddessen schrie sie, flehte, bat um ihr Leben, nur um bald darauf wieder alles zu vergessen. Nur um bald darauf wieder zu lachen und mit Aphrodite um die Gunst von Adonis zu buhlen.

Das kann also nicht schlimm gewesen sein, mit ihrem Onkel, nicht wirklich.

Alle waren sich sicher: Das Mädchen lügt.

Seit Monaten derselbe Traum: Wasser, das langsam die Luftröhre hinab in die Lungen rinnt. Die Atmung, die langsam aussetzt, während verzweifelt nach Luft geschnappt wird. Klarer Himmel und eine verschwommene, uniformierte Gestalt – alles blau, blau, blau und hart, hart wie Stahl und Liebe und Steinway-Klaviere.

I could never afford a Steinway.

**

Das SEK tötet in Dortmund, elf Tage, nachdem es passiert ist, den sechzehnjährigen Schwarzen Jugendlichen Mouhamed D. Ein Betreuer hat die Polizei gerufen, da befürchtet worden ist, Mouhamed könne sich mit einem Messer selbst verletzen oder umbringen. Das SEK rückt in schwerer Ausrüstung an, umringt mit schussbereiten Maschinengewehren den Jugendlichen, der, vermutlich aus Angst, das Messer vor die Brust hält. Das gilt als Bedrohung, dieses kleine Schutzschild aus Stahl gegen die staatliche Übermacht, gegen das Gewaltmonopol des Landes.

Mouhamed wird mit fünf Schüssen getötet.

**

Ungefähr drei Monate später kann ich nur daran denken, obwohl jetzt nicht der Zeitpunkt für solche Gedanken ist.

Neben mir steht Finn. Ich sehe, wie seine Augen die Umgebung scannen. Von links nach rechts. Von oben nach unten.

Er sieht wie immer mehr als ich, sagt mir wie immer nicht, was.

Jetzt fokussieren sich seine Augen, scheint es, auf das leuchtende blaue Schild vor uns. Diese farbliche Ausnahme im Grau der Umgebung, des Himmels, des Gebäudes, des Weges, der zu den großen Glastüren unter dem Schild führt. Die Buchstaben darauf sind, glaube ich, Arial. Kurz stelle ich mir eine andere Schrift vor, Papyrus, Comic Sans, etwas, was der Schwere der Sache etwas entgegensetzen könnte.

POLIZEI.

Die Buchstaben brennen sich in meine Augen ein. Ich sehe das Wort und im Geiste gleichzeitig die Clips von Menschen, die sich gegen Staatsgewalt nicht wehren können, die um ihr Leben flehen, nicht gehört werden. Ich habe *Cop Watch* im Kopf und den Bericht über Mouhamed und die Berichte zum NSU und die Berichte über Hanau.

Mich fröstelt.

Vielleicht ist mir auch heiß.

Gedanklich versuche ich, alles durchzugehen, was ich sagen muss:

Wann, wo, wie.

Das Warum fehlt. Das Warum fehlt immer, vor zwölf Jahren genauso wie jetzt.

Ich will nicht hier sein, wollte nie hier sein, und fahre mir nervös durchs Haar. Wieder drei, vier Strähnen zwischen den Fingern. Wie viele Nächte saß ich vor dem

Spiegel, fuhr ich mir immer wieder durchs Haar, als ob das Wiederholen der Bewegung etwas verändern könnte. Middle-aged, ohne es zu wollen.

Finn singt ganz leise vor sich hin: »Fick die Polizei –«

»Shh, wir wollen Hilfe, verdammt noch mal«, zische ich. Ich schaffe es nicht, eine richtige Eindringlichkeit in meine Stimme zu legen.

Finn lacht. Es ist dieses nervöse Lachen, das er hat, wenn er sich bestimmter Eigenheiten und Ticks, die er nicht wirklich kontrollieren kann, bewusst wird.

Langsam sollten wir uns wirklich bewegen.

Von rechts, wo die Polizeiwagen ordentlich aufgereiht stehen, wo die Streife einkehrt in ihren Hafen, kommt ein Polizist, nimmt uns, scheint es, etwas misstrauisch aus dem Augenwinkel wahr und grüßt, und etwas zu spät erwidere ich den Gruß. Er hält inne, dreht sich zu uns um. Er ist groß gewachsen, blond. Seine Augen so blau leuchtend wie das Schild über der Tür, durch die lauter dunkelblau gekleidete Kampfkörper hindurch verschwinden. Ich habe gelesen, blauäugige Menschen seien seltener von Kurzsichtigkeit betroffen. Warum, weiß ich nicht mehr, weiß nur ein letztes Stoßgebet, das meine Lippen nicht verlässt: *I need you now*, Polizei. Bitte lass mich nicht im Stich, obwohl ich kurzsichtig bin mit meinen dunklen Augen.

Mein Herz rast wieder oder immer noch. Ich merke, dass ich schon auf die Tür zulaufe. Finn ist neben mir, umfasst meine Schulter, drückt einmal zu. Das beruhigt und irritiert, denn immer drückt er etwas zu fest.

Etwas zu viel von allem, immer. Story of my life.

**

Als Sally Challen durch den Regen lief, nachdem ihr Mann Richard sie losgeschickt hatte, um Essen zu holen, hatte sie den Plan vielleicht bereits gefasst. Es lässt sich nicht mehr sicher sagen, ob sie einen Regenschirm hatte mitnehmen dürfen an diesem Tag im Norden Englands, der selbst für die Wetterverhältnisse dort besonders unangenehm gewesen sein muss. Tausende Stunden, in denen Richard sie malträtiert hatte, müssen sich in ihren Gedanken überlagert haben, während sie von den Tropfen durchnässt wurde und sich ihren Weg durch die Straßen bahnte, die ihr bekannten Wege ablief. Vielleicht war sie sich kurz noch unsicher an diesem Morgen im August im Jahr 2010. Wie der Hammer ihr dann wohl nach all der Zeit in der Hand lag, ob er mit einer Schwere verbunden war oder sich doch leicht führen ließ. Wie oft sie zuschlagen musste, bis Richard in sich zusammenbrach. Je ein Schlag für je Tausende Stunden. Sie hätte gehen sollen, natürlich. Sie hätte gehen sollen. Hatte es auch mehrmals versucht. Die meisten Personen, die Opfer in gewaltvollen Beziehungen sind, brauchen jedoch mindestens sieben Anläufe, um ihre gewaltbereiten Partner zu verlassen. Doch sie schaffte es nicht. Fünf Jahre später wurde in England ein Gesetz erlassen, das emotionale Gewalt unter Strafe stellte. Wann die innere Befreiung durch Gewalt gerechtfertigt sein kann, könnte man fragen.

But don't look back in anger, I hear you say.

Die Beziehung zwischen den Gallagher-Brüdern ist ähnlich kaputt wie es die zwischen Sally und Richard, wie es die zwischen dir und mir war. Vielleicht gibt es aber keinen Weg raus, und Noam und Liam stehen sich immerhin gleichwertig gegenüber, während Sally, aus dem Hebräischen, Prinzessin bedeutet, Richard aber, ein altfranzösischer Name, König heißt, und der König hat das letzte Wort, auch wenn sein Reich nur aus Lügen besteht.

**

Finn und ich treten ein. Kaltes Licht, ein Beamter hinter einem Tresen, der ihm trotz seiner 1,90 bis zur Brust reicht. Auch er ist blond, und Skepsis liegt in seinen Augen, denke ich, als wir auf ihn zugehen. Zu unserer Rechten steht ein Schwarzer Mann und gibt gerade eine Anzeige wegen Diebstahls auf, ihm gegenüber eine junge Polizistin, Mitte zwanzig, ebenfalls blond, allerdings dunkelblond. Sie ist extrem hübsch, oder besser: Sie entspricht der dominanten Schönheitsnorm. Sie könnte H&M-Model sein – was sie vielleicht auch werden wollte, bis irgendein Zufall sie von ihrem Pfad abbrachte, und nun ist sie normschöne Polizistin. Überhaupt sehen alle Polizisten verdammt gut aus hier auf der Station. Allesamt deplatzierte Ken- und Barbiepuppen in einer sterilen Umgebung, in der, so scheint es, seit den frühen 2000ern die Einrichtung nicht mehr ausgewechselt worden ist.

»Wie kann ich helfen?«, fragt der Polizist. Er lächelt nicht, und von Nahem ist er eigentlich auch gar nicht so gut aussehend – Cheerleader-Effekt wahrscheinlich: Sobald man in einer Gruppe oder in der Nähe von schönen Menschen steht, wird man auch als schön wahrgenommen.

»Ich würde gerne eine Nötigung anzeigen«, sage ich schnell und leise.

Anders, als ich es gedacht hatte, verhärtet sich sein Blick nicht, sondern wird im Gegenteil weich, zärtlich fast, seine Mundwinkel zucken, ein blaugrünes Empathiemeer. Dann fragt er in einer Stimme, die beinahe beschwichtigend klingt: »Wollen Sie lieber mit einer Kollegin sprechen?«

Ich nicke rasch, es wirkt bestimmt unbeholfen.

»Dann müssen Sie noch ein wenig warten. Es kann etwas dauern, die Kollegin ist gerade beschäftigt.«

Ich nicke wieder. Eine weitere Haarsträhne segelt neben mir zu Boden. Ich beobachte sie aus dem Augenwinkel.

Links vom Eingangsbereich, vor dem Glaskasten, in dem einige Büroplätze zu sein scheinen, sind ein paar unbequem aussehende Klappstühle angebracht, auf denen wir Platz nehmen. Die Deckenbeleuchtung darüber surrt, es flirrt und flackert alle paar Minuten wie in einem Low-Budget-Horrorfilm. Ich meine, von irgendwoher ein paar Klaviertöne zu vernehmen, überlege kurz, Finn darauf aufmerksam zu machen, entscheide mich dann aber dagegen.

»Nicht mein Krankenversicherungsausweis, der meines Sohnes«, sagt der Mann, der gerade die Anzeige aufgibt, »mein Ausweis, die Aufenthaltspapiere.«

Die Polizistin, sehe ich aus dem Augenwinkel, nickt. »Ich verstehe. Das ist sehr ärgerlich«, sagt sie, und es wirkt nicht wie eine Floskel.

Der Mann scheint sich etwas zu beruhigen. Er trägt alte Doc Martens, dieselben wie ich, ansonsten Kleidung, die nicht zusammenpasst, dunkle Jogger und ein Hemd mit feinen blauen Längsstreifen.

Weitere Polizisten kommen durch die Eingangstür, auch sie true teutonic beauties. Sie grinsen den Beamten an, der mit uns gesprochen hat, gelangen durch eine kleine Klappe hinter den Tresen und dann in den Glaskasten. Finn dreht sich um, beobachtet etwas, vielleicht die Beamten. Ich starre vor mich hin und versuche, meine Atmung zu regulieren. Ich hätte frühstücken sollen oder zumindest zu Mittag essen. Uns gegenüber an der Wand hängen Fahndungsfotos, -texte und -skizzen, Menschen, die gesucht werden, in der Stadt, im Bundesland, bundesweit. Keine Informationen zu Mouhamed D. und den anderen, aber viele, die ihm ähneln, die seine Brüder sein könnten. Mein Smartphone liegt schwer in meiner Hand. Auf dem Screen scheint eine Nachricht auf, Absender unbekannt.

Don't forget about Brahms.

Wie könnte ich, wenn du mich ständig daran erinnerst. Du sprichst davon, wie man sich verbiegt, verbiegt, verbiegt, ohne zu brechen. Jetzt ist es doch in die Brüche gegangen.

Vor ein paar Tagen habe ich mit Jodie telefoniert, und sie sagte, es sei der *worst breakup of all times*. Ich weiß nicht, ob das so stimmt, schließlich fehlt eine Grundvoraussetzung für das Auseinandergehen: das Zusammensein. Und schließlich war es kein *breakup*, auch wenn du sicher etwas broken zurückgelassen hast.

Finn ist immer noch abgelenkt, also schreibe ich schnell zurück:

Stop texting.

Polizeistationen, denke ich, sind das arithmetische Mittel zwischen Arztpraxis und Behörde – steril, aber kein Geruch von Krankheit und auch kein Gefühl von kleinteiliger, überflüssiger Sisyphusarbeit. Irgendwo fest verankert zwischen Tod und Kontrolle durch Bürokratie in einem Gefühl von Anspannung, das jederzeit kippen könnte. Gewaltmonopol. Die Schlagstöcke an den Gurten der Beamten machen mich fast noch nervöser als ihre Pistolen.

Der Mann, der die Anzeige aufgegeben hat, ist immer noch aufgebracht. Er wiederholt ständig, dass dies ein schrecklicher Tag sei. Einer der schrecklichsten Tage. Der ganze Spießrutenlauf bei den Behörden. Wie lange das dauern würde. Und zwischenzeitlich kein Ausweis.

»Sie können vom Ausländermeldeamt eine vorläufige Bestätigung bekommen«, versucht die Polizistin zu beschwichtigen.

»Und was ist in der Zwischenzeit? Wenn ich angehalten werde?« *Von Ihnen.*

»Sie sollten am besten gleich dorthin gehen. Zur Ausländerbehörde.«

Aus dem Glaskasten hinter mir ist ein seltsames Geräusch zu vernehmen, ein Stöhnen oder lautvolles Ausatmen, genau kann ich es nicht zuordnen.

»Ich will dort nicht hingehen«, erwidert der Mann.

»Ich kann verstehen, dass das anstrengend ist.« Vielleicht hat die Polizistin dieses Skript auswendig gelernt, aber sie glaubt daran, so viel ist klar.

»Ich verstehe nichts dort, und die Menschen da verstehen mich nicht. Und der Krankenversicherungsausweis von meinem Sohn?«

»Ich kann das verstehen«, wiederholt die Polizistin, »aber Sie haben ja jetzt die Anzeige aufgegeben und von mir die Bestätigung, und damit bekommen Sie einen vorläufigen Ausweis.«

Er wiederholt noch einige Male, dass dies der schrecklichste Tag sei, dann nimmt er seine Plastiktüten, womit er, wie es scheint, ein paar Ordner transportiert, und verlässt die Polizeistation. Finn und ich starren währenddessen gebannt auf die Steckbriefe vor uns. Ich frage mich, wie viel es bringt, dass diese Steckbriefe hier hängen. Außerhalb von *Aktenzeichen XY* bekommt die Öffentlichkeit diese kaum je zu Gesicht, es sei denn, die Öffentlichkeit muss eine Anzeige aufgeben, und dann ist sie mit der Anzeige beschäftigt.

Im Glaskasten hinter uns klingelt das Telefon. Ich weiß nicht, wie lange wir schon warten, fünfzehn oder zwanzig Minuten vielleicht. Vielleicht auch mehr. Ich würde gerne auf dem Handy nachsehen, möchte aber nicht zu oft draufblicken, um Finn nichts erklären zu müssen. Das Telefon hinter uns klingelt weiter.

Eine Frau mit rot gefärbten, hochgesteckten Haaren, mit aufrechtem, selbstsicherem Gang betritt bestimmten Schrittes die Station. Diese Art Gang hätte ich auch gerne, hätte ich auch gerne wieder, denke ich, und dass ich ihn noch nie hatte, weil ich nie zu den Menschen gehört habe, die sich einen aufrechten Gang hätten leisten können.

This doesn't belong to you.

Sie geht direkt auf den Beamten zu.

»Ich muss etwas melden.«

Sie spricht schnell und bestimmt, klares Hochdeutsch mit klingenden Vokalen, wie eine Person, die ihr Leben ganz grundsätzlich im Griff hat.

Auf der anderen Seite der Stadt sei ein bekannter Gefährder in der Nähe einer sozialen Einrichtung aufgetaucht, für die sie arbeite. Allerdings wohne sie hier, und man habe sie angerufen, sodass sie nun hier zur Polizei gegangen sei, während die Kolleginnen versuchten, die Situation unter Kontrolle zu behalten, man habe dort noch nicht den Notruf gewählt.

»Warum nicht?«, fragt der Polizist sichtlich irritiert. Seine Gesichtszüge sind angespannt.

»Das wollen die beiden jungen Frauen nicht, denen der regelmäßig auflauert. Ich glaube, sie sind miteinander verwandt.«

»Inwiefern?« Ein ganzes Universum von Ablehnung schwingt in diesem einzigen Wort mit.

»Ich glaube, er ist der Bruder. Er ist aber polizeibekannt. Also müsste schon eine Akte zu ihm vorliegen.«

»Um welche Vorwürfe handelt es sich denn?«

»Können Sie nicht nachsehen?«

»Wissen Sie denn den Namen?«

Einen Moment lang stehen sie sich gegenüber, der Polizist und die Frau, wie in einem Grabenkampf am 1. Mai in Berlin oder im Hamburger Schanzenviertel, die Frau zieht einen fertigen Molotowcocktail aus ihrer schwarzen Michael-Kors-Handtasche hervor, zündet ihn mit einem goldenen Feuerzeug an und wirft ihn hinter die Theke. Alles läuft in Zeitlupengeschwindigkeit. Sie dreht sich um, während der Polizist erschrocken die Augen aufreißt, sich ebenfalls umdreht, irgendetwas in Richtung des Glaskastens brüllt. Finn springt auf, will mich am Arm packen und mit sich reißen, doch alle meine Gliedmaßen sind unbeweglich und bleiern, so wie in all den Träumen, die ich zuletzt hatte. Die Frau läuft raus, auf dem Kopfsteinpflaster klackern ihre hohen Schuhe im Takt des Sekundenzeigers einer unsichtbaren Uhr, werden zu einem Echo, das sich entfernt. Der Polizist duckt sich, Finn wirft die Arme über den Kopf und sich selbst auf den Boden, während ich weiterhin nur auf die Fahndungsausdrucke starren kann. Ich schließe die Augen, mein verschobener Körper schreit mich an, fleht mich an, wie Persephone Hades anflehte,

beweg dich anders,

entscheide dich anders,

dann öffne ich wieder die Augen. Der Polizist und die Frau stehen sich nach wie vor gegenüber. Sie lächeln beide, ohne es zu meinen. Vorgespielte Höflichkeit ist eine der krassesten Formen beleidigenden Verhaltens, eine Verschleierung der Tatsachen, eine kalkulierte, präzise Form der Gewalt.

»Ich brauche mehr Informationen, um aktiv werden zu können«, sagt der Polizist jetzt, verbessert sich dann: »Wir brauchen mehr Informationen.«

Um aktiv zu werden, um die richtigen Entscheidungen treffen zu können: bleiben oder gehen.

Und dann steht sie vor uns, blond und groß und in Uniform, Haare wie Honig, mit klarem Blick und klarer Haut, mit rosigen Wangen und Fingernägeln, die erstaunlicherweise recht lang und professionell gemacht sind, mit Glitzerfinish. Eine Walküre, die für oder gegen uns reiten wird. Wir stehen hastig auf und blicken ehrfürchtig zu ihr hoch.

»Wäre ein anderer Raum besser, einer, der nicht so offen ist wie hier?«

**

In einer Doku über Hunde und Katzen, die ich mir einmal angesehen habe, begleiten Menschen ihre Haustiere in einen für diese unbekannten, neuen Raum. Die Hunde sind verunsichert, orientieren sich allerdings an ihren Herrchen und Frauchen, um herauszufinden, wie sie sich verhalten sollen. Sitz, Platz, bei Fuß, alles genau erlernt. Die Katzen hingegen, die Katzen entfernen sich sofort von ihren Menschen, suchen hohe Orte auf, begutachten den Raum von oben, tasten sich dann vorsichtig in jede noch so kleine Ecke vor, zwängen ihre flexible Wirbelsäule durch jede noch so kleine Öffnung.

Sie suchen die Gefahr, wägen das Risiko ab, ziehen sich notfalls zurück.

Einen neuen Raum zu betreten, ist immer mit Risiken verbunden, lässt die Amygdala, jenes Reptilienüberbleibsel im Gehirn, das dem Körper Notfälle signalisiert, anspringen, die Umgebung nach Gefahren absuchen. Nach einiger Zeit fühlt man sich vielleicht etwas ruhiger, weniger ängstlich. Wenn dann aber etwas vorfällt, dann wird der Raum zu einer gleißenden Wunde auf der eigenen Umgebungskarte. Nicht nur der Raum selbst, auch das Gebäude, in dem sich der Raum befindet, und auch das Viertel, in dem sich das Gebäude befindet, werden dann zu Orten, die man nicht länger aufsuchen kann.

Es gibt eine relativ bekannte Szene aus einer in ihrer Komik fragwürdigen oder zumindest schlecht gealterten amerikanischen Sitcom. Der Protagonist, wie in den meisten Sitcoms ein nichtssagender, weißer Mann, hat sich soeben von seiner Freundin getrennt und – untermalt von Konservengelächter – eine Stadtkarte von New York in Bereiche unterteilt, in solche, in denen sie sich aufhalten könnte, und solche, in denen sie wahrscheinlich nicht sein wird. Haha, komisch. Auch für mich, in meinem Gehirn, unterteilt sich die Stadt, angefeuert durch meine Amygdala, in die Bereiche, in denen du sein wirst, und in die, in denen du wahrscheinlich nicht sein wirst, rote Linien überall, die gesamte Stadt eine längst entzündete, brennende Wunde, die gesamte Stadt ein Angstort, die gesamte Stadt muss ich hinter mir lassen. Haha, komisch.

**

Wir betreten hinter der Polizistin einen schlicht eingerichteten Raum, weißer Tisch, zwei PCs, zwei Plakate an der Wand. Telefon, Papier und Stifte liegen auf dem Schreibtisch. Die Computer sehen aus, als wären sie zur Jahrtausendwende oder kurz danach angeschafft worden, und fügen sich damit perfekt in die War-mal-vor-25-Jahren-modern-Atmosphäre des Empfangsbereichs, und die Tastaturen, angegraut von Jahren an Staub und schwitzigen Fingern, Hunderte DNA-Partikel zwischen Buchstaben, wirken, als müssten sie dringend einmal von Grund auf gereinigt werden. Dort, in Tastaturen, setzt sich schließlich der Dreck am tiefsten fest, dort, wo man langsam aufdrückt,

eine klassische Sonatensatzform, das heißt, Exposition ist wiederholt, Durchführung, Reprise und Coda nicht.

Du wolltest mir das nicht beibringen.

Die Polizistin bedeutet uns, auf zwei der drei Drehstühle Platz zu nehmen. Wir leisten Folge, immer leisten wir Folge. Sie setzt sich uns gegenüber hin, beugt sich leicht nach vorne. Wir blicken tief in ihre Augen, grünblau. Grünblau. Es fühlt sich gerade in Anbetracht des Grundes, weswegen wir hier sind, besonders merkwürdig an, sie so anzusehen.

»Erzählen Sie mir einmal, was vorgefallen ist«, beginnt sie.

**

In solchen Momenten, in intimen Momenten, in Momenten, die nicht sein sollen, ist die Körperwahrnehmung ganz verschoben. Man sieht den Vorgang von außen. Merkwürdig, wie man wirkt, so ausgebreitet vor dem anderen. Seltsam die geflüsterten Worte, die auf taube Ohren stoßen.

NEIN. NEIN. NEIN.

In solchen Momenten, in intimen Situationen, kommen einem Szenen in den Kopf, Szenen und Figuren, Sansa Stark zum Beispiel, aus *Game of Thrones*, die Prinzessin aus dem Norden, deren Leid einer gewissen Erotik nicht entbehren kann und die ihr feminist awakening nur haben kann, wenn sie, naiv in ihrem anfänglichen Liebestaumel, durch die Geschichte ausreichend bestraft worden ist und ihre Bestrafung der Charakterentwicklung eines Mannes gedient hat. Dass so etwas auf jemanden wie dich aber gar nicht zutreffen könne, wird man später sagen, dass du doch so sanfter Natur seist, dein Charakter doch so gefestigt sei und so etwas nicht nötig habe, und überhaupt: Wir seien doch lovers and friends gewesen, da könne so etwas nicht passieren, und überhaupt: Du verurteilst diese Art der Gewalt doch. Vielleicht befandst du dich also in diesem Moment auch außerhalb deines Körpers, vielleicht war das, was da passierte, gar nicht etwas, was von dir ausging, sondern von einem Alter Ego, vielleicht warst du besessen.

Ich denke an deine sanften Hände und daran, wie sie meinen Körper verbiegen, verbiegen, verbiegen, daran, was ich an deinen Fingern zu schätzen wusste, was ich jetzt verachten lernen muss. Aber auch der sanftmütige Hamlet hat Schuld an Ophelias Tod, und auch Othello erwürgt Desdemona, erinnerst du mich Monate später, und wenn sie ihm auch vergibt, sie stirbt doch,

und wenn sie ihm auch vergibt,

stirbt sie doch,

und natürlich dauert es noch Monate, ehe ich zu verachten lerne,

ehe ich zu verstehen lerne,

ehe ich zu begreifen lerne:

Da war wieder einer, der seine Sanftmut vorspielte.

Und weißt du, was mich an Othello so stört neben dem Blackfacing an Theatern bis in die Siebzigerjahre des 20. Jahrhunderts und noch später, das auch Klaus Kinski betrieben hat in einem Sketch über die drei Weisen des Morgenlandes, Klaus Kinski, von den Deutschen verehrt, der seine Tochter jahrelang missbrauchte, seine Tochter, die später in einem Interview sagte:

Er war ein Magier.

Aber kein guter.

Er war so übermächtig.

Weißt du, das, was mich stört, ist, dass Othello eine der wenigen Schwarzen Figuren ist, die wir aus der uns überlieferten Literaturgeschichte haben, und dann muss ausgerechnet er Gewalt ausüben, damit es auch später passt, wenn in Köln Silvesternacht ist.

**

»Schön, die Nägel«, sage ich.

Die Polizistin, deren Namensschild sie als Schmidt ausweist, wirkt verwirrt. Ich schäme mich wegen des Kommentars. Finn, der etwas versetzt hinter mir sitzt, legt eine Hand auf meine Schulter. Doch anstatt mit verzogenen Mundwinkeln oder abweisender Haltung zu reagieren, betrachtet Polizistin Schmidt ihre Nägel.

»Danke. Eine Freundin macht sie mir.«

»Ach so?«

»Ja. Sie träumt davon, ein Nagelstudio zu eröffnen. Ihr fehlt aber noch das Geld, um die Ladenfläche mieten zu können. Silikonnägel kann sie mit mir nicht probieren, das geht nicht, ich muss mich ja noch frei bewegen können.«

Noch abdrücken können, noch den Knüppel führen können, denke ich und schäme mich auch dafür sofort.

»Es ist gut, Träume zu haben«, sage ich, der ewige Glückskeks, der anderen mit einem Bauch voller Plattitüden in jeder Konversation auflauert, und frage mich zugleich, ob sie das darf, ob sie sich während ihrer Dienstzeit in so einem harmlosen Geplauder verlieren, die Träume ihrer Freundin offenlegen darf. Sie blickt mich abwartend an.

»Es ist eine komplizierte Geschichte«, erwidere ich schließlich als Antwort auf ihre Bitte, zu erzählen, was vorgefallen ist. Das Handy vibriert in meiner Hosentasche. Ich hätte es auf lautlos stellen sollen.

»Ich verurteile Sie wegen nichts, was Sie mir erzählen«, meint Frau Schmidt jetzt, und ich bezweifle sehr, dass das stimmt. Sie ist noch näher herangerückt mit ihrem Bürostuhl. Bei billigen Bürostühlen wie diesen befürchte ich immer, dass die Mechanik durch die Polsterung bricht und sich in meinem Körper vergräbt. Eine besondere Ironie in Anbetracht der Tatsachen. Den Gedanken werde ich nicht los, bewege mich etwas unruhig auf dem Stuhl, Polizistin Schmidt beobachtet mich dabei.

»Wollten Sie schon immer Polizistin werden?«, fragt Finn unvermittelt.

»Ja. Ich denke, ja.« Dieses Mal gibt es keine Pause zwischen der Frage und ihrer Antwort. Ich frage mich, was sie vorhat, was sie denkt, wie sie uns sieht durch ihre

Augen,

wie wir vor ihr wirken, auf diesen beiden Stühlen, mit ihr, zu dritt, eingepfercht in diesem Raum, der eigentlich nur für zwei Personen gedacht ist. Und dann ist, so schnell, wie er begonnen hat, der Moment verflogen, in dem wir Polizistin Schmidt hätten kennenlernen können. Sie nimmt sich Papier und Kugelschreiber, legt einen Arm auf den Tisch und signalisiert, noch ehe sie etwas sagt, dass sie jetzt protokollieren wird.

»Beginnen Sie einfach von vorne. Was ist passiert?«

**

Wenn man zum FBI möchte, dann gibt es ein paar Dinge zu beachten. Erstens, man muss amerikanische*r

Staatsbürger*in sein. Das bedeutet – wenn man nicht dort geboren wurde oder Tochter*Sohn amerikanischer Eltern ist –, dass man mindestens fünf Jahre offiziell, etwa mit einer Green Card, dort gelebt haben muss, dann erst kann der Naturalisierungsprozess vollzogen werden. In Deutschland braucht es keine Green Card, man muss aber in offizieller Kapazität acht Jahre in einer gewissen Regelmäßigkeit in Deutschland verbracht haben, um sich naturalisieren lassen zu können. Möchte man FBI-Agent*in werden, gibt es, zweitens, ein Zeitlimit und eine Bildungs- (mindestens B.A., wobei das Fach letzten Endes egal ist) und Fitnesshürde, alles muss bis 37 abgeschlossen sein, es sei denn, man ist Veteran.

Start from the beginning.

Als ich Anfang zwanzig war, wollte ich wegen einer TV-Serie über Profiler eine kurze Zeit lang FBI-Agentin werden, ganz so, als hätte ich das Glück gehabt, niemals selbst staatliche Gewalt erlebt zu haben. Doch in unserem Viertel war die Polizeipräsenz allgegenwärtig, blaue Linien, die sich am Fluss entlangzogen und uns einzwängten in die Parallelgesellschaft, die von den Polizist*innen und dem Staat, den sie vertraten, verachtet wurden. Finn und ich wurden oft angehalten, befragt, durchsucht.

»Wohin geht ihr?«

»Das geht Sie nichts an.«

»Kann ich mal bitte die Ausweise haben?«

Die Ausweise haben, das war das allgegenwärtige Zauberwort.

Jahre später ist in einem Video ein Polizist zu sehen, der kurz zuvor einen syrischen Geflüchteten wegen einer nicht bezahlten Geldstrafe zu Boden gedrückt hat. Der syrische Mann sitzt aufgelöst auf einer Matratze, die neben einem Schrank das einzige Möbelstück in dem Raum zu sein scheint, zumindest ist es alles, was die wackligen Handyaufnahmen zeigen. In gebrochenem Deutsch fragt er immer und immer wieder, was er denn getan habe, warum der Polizist das mache, bis dieser irgendwann die Geduld verliert und brüllt: »Das ist mein Land, du bist hier nur Gast!«

Das Video ging viral, doch bis auf einen Bericht zur Erforschung struktureller rassistischer Tendenzen in der Berliner Polizei, der zu dem Ergebnis kam, dass es keinen strukturellen Rassismus gebe, änderte sich nichts, während wir in unserem Viertel immer noch oft angehalten, befragt, durchsucht werden, die blauen Linien sehen, die sich durch die Straßen ziehen und uns einpferchen, und der nicht vorhandene strukturelle Rassismus dann überquillt in Silvesternächten, die wieder zu Migrationsdebatten führen. Im Himmel steigt Rauch auf, die Signale stehen auf Angriff.

Und trotz all dem, und obwohl das schon genauso war, als ich aufwuchs, wollte ich eine Zeit lang zum FBI, sehnte ich mich auf die Seite von »Sie haben das Recht, zu schweigen« und »Alles, was Sie sagen, kann und wird gegen Sie verwendet werden«. Und in dem Moment, in dem ich ihm gegenüber von meinem Traum sprach, Ermittlerin zu werden, wurde mein Vater, der mich die ganzen Jahre meines Aufwachsens hinweg kaum beachtet hatte, hellhörig. Er schrie mich an, was das solle, wie ich einen solchen Verrat auch nur in Erwägung ziehen könne, und dann: »All cops are bastards!«

All men can be bastards.

Und Finn würde sagen, dass die Polizei in Deutschland noch einmal eine besondere Komponente hat, wie Hugo Boss oder Fanta eine ganz besondere Vergangenheit hat, kein Schutz, sondern Teil eines Systems, dem wir ausgeliefert sind.

Als nicht-weiße Person Polizist*in oder FBI-Agent*in werden zu wollen, ist nichts anderes als eine Rachefantasie, das weiß ich mittlerweile. Alles, was sonst vom Wunsch, als nicht-weiße Person Polizist*in oder FBI-Agent*in werden zu wollen, übrig bleibt, ist mittlerweile überschrieben von Fällen wie denen von Trayvon Martin, George Floyd und Oury Jalloh und allen anderen Opfern von Polizeibrutalität und polizeilichem Versagen. Und doch, wenn ich jetzt an dich denke, dann denke ich manchmal auch daran, wie sich mein Knie in deinen Rücken gräbt, während du auf dem Boden liegst und

um Atem ringst.

Jedenfalls damals, als ich noch FBI-Agentin werden wollte, verschlang ich sämtliche Serien darüber, auch *Law & Order: Special Victims Unit*, worin es um solche besonderen Opfer wie die geht, denen du mich zugehörig gemacht hast. In einer Folge geht es um die »Uhr« und die »Vulva«, die die Polizistin in der Folge »Vagina« nennt, denn wer auch immer die Folge geschrieben hatte,

hatte von weiblicher Anatomie keine Ahnung, und sie handelt unter anderem von einer Gruppe Partygirls, von der eine behauptet, vergewaltigt worden zu sein. Sie weist auch tatsächlich Verletzungen auf und lässt sich kurz nach dem Vorfall untersuchen, was jedoch dazu führt, dass sie, anders als von ihr erwartet, der Lüge überführt wird, denn, wie es die brünette *no-nonsense*-Polizistin dem Narrativ nach manipulativen Blondinchen gegenüber erklärt, die Untersuchung habe ergeben, dass sie während des Geschlechtsverkehrs einen Orgasmus gehabt habe, was man anhand der Durchblutung der Vaginalwände feststellen könne und daran, wie sehr die Cervix geweitet sei. Und sexualisierte Gewalt und Orgasmen, das wisse jedes Kind, gingen schließlich nicht zusammen.

Das blonde, nunmehr zur Lügnerin deklarierte Partygirl wird rot, stammelt: »But I just love him so much … I didn't want to lose him.«

You didn't want to lose me.
I didn't want to lose faith in you.

Diese kurze Szene einer denkbar schlechten Serie beeinflusste mich nachhaltig, ein Gift, das lange meinen Kopf vereinnahmte, das mich auch irgendwie an das System Recht und Ordnung glauben ließ, doch weiß ich mittlerweile, dass ich mich von Charme und Manieren, von bescheiden wirkendem Auftreten und Anzügen einlullen ließ, immer noch einlullen lasse von der Ordnung, der Performance von Zielgerichtetheit, dass ich die Charakterzüge vielleicht erkennen könnte, die

Gefahr signalisieren, aber sie würden mich trotzdem überwältigen, ehe ich etwas dagegen unternehmen könnte, und »All Cops are Bastards«, sagt mein Vater, und Cops sind der Staatsarm, but I need you now, Polizei, und ich wünsche mir eine warme Umarmung, eine Sicherheit, und wenn mir Polizistin Schmidt jetzt einen Befehl erteilen würde, ich würde ihn, glaube ich, befolgen, selbst wenn sie mir ihren Schlagstock in die Hand legte, um damit auf meine Familie oder auf befreundete Personen einzudreschen.

**

Einmal sitzen wir bei dir am Tisch, den dein Vater aus Eiche gefertigt hat, und du sagst, dass du dir wünschtest, dass es anders sei, dass es aber nun einmal keine großen nicht-weißen oder weiblichen Komponist*innen gebe, zumindest keine klassischen (Popmusik magst du zwar auch, aber Popmusik sei notorisch unterkomplex, und ohnehin täte es den meisten Popmusiker*innen gut, sie verstünden etwas von Musiktheorie – du meinst natürlich westliche Musiktheorie –, anstatt nur mit Computerprogrammen herumzuexperimentieren). Du sagst es mit deinem handelsüblichen Charme, das Charisma tropft dir wie Schweiß aus den Poren, und in Momenten wie diesen glaube ich dir alles, würde ich dir auch glauben, wenn du die Schuld an der Zerstörung meines Körpers, meines Geistes oder vielleicht sogar des abstrakten Konzeptes Seele bei mir suchtest, obwohl du es bist, der das Messer führt, das mich fein säuberlich seziert, obwohl du den Hammer schwingst, der mich in eine Form schlägt, die dir gefällt, doch mich vergessen machen wird.

»Es ist einfach so, dass diese Stücke keine Komplexität haben, keine Tiefe, und nur weil diese Stücke von Frauen geschrieben wurden, heißt das doch nicht automatisch, dass sie auch aufgeführt werden sollten. Ich als Mann, der als weiß gilt und cis ist und hetero, erfahre Ablehnung, weil meine Perspektive nicht länger gefragt ist. Das ist ja auch nicht fair. Aber das darf man ja leider gar nicht öffentlich sagen.«

Das sagst du natürlich nicht auf Deutsch, aber in dieser Version des Geschehens gehen wir einen Moment lang davon aus, dass es so wäre, weil es sinnvoll ist, dir eine deutsche Sprache zuzuschreiben, dich von ihr vereinnahmen zu lassen, genauso wie deine Gedanken von deutschen Kulturgütern vereinnahmt sind.

In dieser Version des Geschehens gehen wir einen Moment lang davon aus, dass ich dir das nicht großäugig, leichtgläubig abnehme, nicht dein Charisma aufsauge wie *fucking* männliche Muttermilch, sondern dass ich so etwas sage wie:

»Vielleicht liegt das an deinen Hörgewohnheiten. Vielleicht glaubst du, die Musik von nicht-weißen und queeren Komponist*innen und Komponistinnen sei weniger wert, weil du gelernt hast, europäischen Klangfolgen mehr Wert beizumessen. Vielleicht bist du so festgefahren, dass jetzt keiner mehr von außen kommen und die

Wertigkeit derjenigen, in deren Tradition du dich stellst, infrage stellen kann. Vielleicht eiferst du auch einfach deinem Vater nach, deinen Geschwistern, übernimmst ihre Überzeugungen, wie du den Geschmack von ihnen übernommen und auf dich selbst übertragen hast, so wie du von verschiedenen Personen je nach Lust und Laune verschiedene Charaktereigenschaften und Interessen übernimmst, gibst alle Verletzungen, die sie dir zugefügt haben, ungefragt weiter, nachdem du ihnen nachgegeben hast. Vielleicht wirst du mich in nur wenigen Wochen in Stücke reißen, weil du meine Worte genauso wenig hörst wie die Komplexität von Stücken, mit deren Klangabfolge du nichts anfangen kannst, weil du gelernt hast, Bach, Beethoven und Brahms jemandem wie Eastman und Price vorzuziehen.«

Doch diese Version ist nicht diejenige, die wirklich passiert ist. In der Version, die wirklich passiert ist, habe ich nichts davon gesagt, denn schon damals habe ich intuitiv um deine Kritikunfähigkeit gewusst, und nicht lange danach schmiert ein Choreograf in Hannover einer Kritikerin Hundescheiße ins Gesicht, und ich tippe:

Ah, that could have been you.

Maybe it was.

Maybe.

Too verbose.

Ich stimme dir zu.

But true.

Ich stimme dir zu, aber ich antworte nicht. Nicht dir.

**

Polizistin Schmidt hingegen, ihr erzähle ich zunächst vom Wetter an dem Tag (sonnig, zu warm, du hattest Shorts an), dann von den Umständen (wir waren ausgelassen, tanzten noch, kurz bevor es passierte, in der Küche), und schließlich sage ich:

»Ich weiß es nicht mehr genau. Ich weiß nur, dass ich Angst hatte.«

Sie blickt mich aus besorgten Augen an. Irgendwann habe ich wohl begonnen, zu weinen.

»Wollen Sie ein Wasser? Ich hol Ihnen ein Wasser.« Sie schnellt förmlich in die Höhe und verlässt den Raum, ohne meine Antwort abzuwarten. Finns Hand liegt immer noch auf meiner Schulter. Ich blicke hinter mich, er lächelt mich hilflos-aufmunternd an, bedeutet mir mit einem schnellen Seitenblick, die Wand über einem der Bildschirme anzusehen. Dort hängt ein Plakat, mit Reißzwecken direkt an der dreckigen weißen Wand befestigt. Es ist ein Plakat, das, wie es scheint, Fahndungskategorien für Menschen zeigt.

Nordafrikanischer Typ: breite Nase, dunkle Haut und Augen, breite Lippen.

Mittelmeertyp: dunkler Teint, leidenschaftlich glühende, dunkle Augen, lange Wimpern.

Osteuropäischer Typ: breite Nase, tendenziell breiter Kiefer.

Es fehlt der semitische Typ, was aber vielleicht etwas zu *on the nose* wäre, doch auch so gräbt sich der

ACAB-Chorus meines Vaters wieder in meine Gedanken, was mir kurz leid tut, denn Polizistin Schmidt war bislang einwandfrei nett. Und doch: Dreizehn SEK-Beamte, die in der Nacht des Attentats in Hanau im Einsatz waren, waren Teil rechtsradikaler Chatgruppen, Plakat und Realität ergänzen sich. Noch ehe ich mich an Finn wenden kann und wir uns über das Plakat austauschen können, kommt Polizistin Schmidt wieder. Ihre Wangen sind gerötet, ihr Atem geht schnell, als hätte sie sich körperlich gerade sehr angestrengt. Ich bemerke, dass sie kein Wasserglas bei sich trägt, hingegen einige lose Blätter – wie es aussieht, hatte sie die Notizen, die sie sich bislang gemacht hat, mitgenommen. Vielleicht ist es Vorschrift, damit es zu keiner Beeinflussung kommt. Sie schließt die Türe hinter sich, trotzdem sind Geräusche zu vernehmen – Grölen, schnelle Schritte, das Klimpern einer Klaviatur.

»Das Wasser kommt gleich. Die Kollegen sind gerade beschäftigt, und die Küche ist besetzt, aber es wird gleich gebracht.«

Ich muss verwirrt aussehen, denn sie fügt schnell hinzu, dass gerade für den Polizeikalender fotografiert werde.

»Wir bringen jedes Jahr einen raus, nur mit den männlichen Kollegen. Tut mir leid, dass sich dadurch das Wasser jetzt verzögert.«

»Kein Problem.« Ich stelle mir vor, wie sich die Dorito-Körper ihrer Kollegen, breitschultrig mit schmalen Hüften, ein perfektes Knusperdreieck, Bizeps, Trizeps, Quadrulzeps und so weiter, auf der Küchenzeile der Wache räkeln, *because sex and violence sells*, und wer hat nicht schon mal davon geträumt, sich mit echten Polizeihandschellen festsetzen zu lassen, sagst du in meinen Gedanken, und ich muss an einen Slogan denken, den ich einmal gelesen habe während einer Recherchearbeit für eine Reportage. Der Slogan, in Frakturschrift, stand auf einem T-Shirt in einem Nazi-Merch-Shop: *Gelobt sei, was hart macht.* Und Schmidt hat sich indessen wieder vor uns auf den Drehstuhl gesetzt, und ihre Honighaare und ihre grünen Augen und das Blau ihrer Uniform breiten sich vor mir aus wie ein langer Traum, Wagner im Hintergrund, der tanzt Walzer mit Gustav Gründgens, als Mephisto verkleidet, auf dem gottverdammten Parkett deines *fucking* Bildungsbürgertums.

»Wirklich, gar kein Problem.«

Ich höre in Gedanken meinen Vater von der Couch aus hämisch schnaufen und sagen, dass ich doch so versessen darauf gewesen sei, auf dieses gottverdammte Parkett zu gelangen und Anteil zu haben an diesem *fucking* Bildungsbürgertum. Und er hat recht, denn wir sind aus unserem Viertel hinausgekrochen, Finn und ich, haben die blauen Linien überquert und tanzen jetzt roten Tango mit dem Teufel, der wie Gründgens grient und wie Wagner, denen man ihren Antisemitismus verzeiht, wie man dir, denke ich, deine Gewalt verzeihen wird, alles deutsche Traditionen, unsere Bewunderung für starke Männer und für wahnsinnige und für zartbesaitete, kongeniale Künstler, denen niemand verübeln kann, dass sie Kinder ihrer Zeit waren und sind, dass sie Texte verfassten wie »Das Judenthum in der Musik«, dass sie Dinge sagten wie, dass das, was der gebildete Jude, »wenn er künstlerisch sich kundgeben« wolle, ausspreche, »natürlich eben nur das Gleichgültige und Triviale sein« könne, »weil sein ganzer Trieb zur Kunst ja nur ein luxuriöser, unnötiger« sei, denn egal, welche Texte sie verfassten, egal, wie tief sich die Scheiße »ihrer Zeit« in Rachen, Gaumen, Magen gefressen hatte, sodass sie gar nicht umhinkamen, sie wieder auszuspeien, sie verfassten auch Opern und stifteten und stiften noch heute Identität, diese Männer.

Wieder diese Aufforderung in Polizistin Schmidts Augen, und dann, ausgesprochen:

»Fahren Sie fort.«

Ich glaube, er hat mich vergewaltigt. Das ist, was ich sagen möchte – das ist das Wort, das ich sagen möchte, dieses Wort, das überwältigt: VERGEWALTIGUNG. Das Wort ist lang und stellt am Ende irgendwie vor vollendete Tatsachen: nicht nur, dass einem Gewalt angetan worden ist – die Gewalt klebt jetzt fest, vollendet, sagt das Wort, in dem dem Wort *Gewalt* Gewalt angetan wird. Stattdessen wage ich nicht einmal, mich dem Ereignis durch seine Benennung anzunähern. So gesehen hast du natürlich schon gewonnen,

weil du

mich berührt hast, als ich es nicht wollte,

und ich

nicht einmal das Wort anfassen kann oder die Sache oder dich. Unantastbar.

Auf dem Drehstuhl fühle ich mich ganz klein, und immer noch riecht es nach all den Sofas, der Couch meines Vaters, der Couch, auf der es passierte, dem Sofa in der Pausenecke der Schule, wo Polizisten Finn einmal abholten und ich ihm sprachlos hinterherblickte, während er abgeführt wurde. Bei dem Gestank hilft auch kein Febreze.

»Es war im August«, beginne ich zu erzählen, meine Stimme fremder Klang, drei Achtelnoten mit abschließendem Terzsprung von *g* auf *es*, »letzten Sommer. Es war heiß. Richtig heiß. So, dass alles irgendwie schwitzt und riecht, aber weil Sommer ist, kann man's vergeben, weil die Farben so leuchten. Ich habe Cola gekauft. Schlecht für die Zähne, gut fürs Gemüt, fürs Wachbleiben. Ich hatte die Nacht davor nicht geschlafen. Eine Vorahnung oder so etwas, ich weiß es nicht.«

»Sie müssen gar nicht so ausführlich werden.« Polizistin Schmidt lächelt mich an, mich, ihre kleine Schutzbefohlene aus dem falschen Viertel.

»Entschuldigen Sie. Er kam zu mir, es wird 17, vielleicht 18 Uhr gewesen sein. Wir wollten uns auch zum Arbeiten treffen.«

»Zum Arbeiten?«

»Ja, ein Kunstprojekt über Kommunikation.«

The irony.

Always with you.

»Dazu gibt es auch Kommunikation«, füge ich hinzu, »Mails, Textnachrichten. Aber auf Englisch. Seine Muttersprache, meine auch.«

»Sie sind aber Deutsche?«

Ausweis, bitte.

»Ja. Mein Vater kommt aus Ghana. Über meine Mutter weiß ich nicht viel, sie war Deutsche. Deswegen bin ich Deutsche.«

»Ich verstehe.« Polizistin Schmidt nickt, ich habe wohl das Richtige gesagt, das passende Bonmot gefunden, die gesuchte Kategorisierungsmöglichkeit. »Und der Beschuldigte?«

»Der Beschuldigte kommt aus England. Woher genau, weiß ich nicht, er hat verschiedene Dinge erzählt. Ich denke aus dem Norden.«

Schmidt nickt wieder.

»Können Sie mir die Mails weiterleiten?«, fragt sie dann. »Hierhin.« Sie nimmt ein unbeschriebenes Blatt Papier, notiert darauf ihre E-Mail-Adresse und schiebt sie über die weiße, angeraute Plastikoberfläche des Tisches zu mir: Vorname, Nachname, At-Zeichen, Stadt, Polizei, Top-Level-Domain.

»Daisy Alraune?«, frage ich.

Schmidt wird rot, kleine rote Äderchen unter ihrer Porzellanhaut, die sich weiten.

»Meine Eltern kommen aus Freiburg.«

»Freiburg ist die sonnigste Stadt in Deutschland, habe ich mal gehört.«

Daisy Alraune Schmidt blickt auf.

»Ja«, sagt sie, und da schwingt etwas in ihrer Stimme mit, das ich nicht ganz einordnen kann, »es hat die meisten Sonnenstunden.«

**

Europa entsteht aus Sodomie und Gewalt. Wieder Zeus, diesmal als Stier verkleidet, der sie an sich reißt, der, wie alle Väter und Vatersväter und Vatersvatersväter dieser Zeit, glaubt, ihm gehöre alles. In dem Sinne begeht er keine Sodomie, dieser veraltete Begriff, der Gewalt ausübt an Minderheiten, in dem Sinne handelt es sich nicht um Vergewaltigung – die Frauen widersetzen sich nur allesamt seinem Willen, und sein Wille ist Gesetz, ist Fürsorge, ist Liebe.

Europa, wie alle Gebiete auf der Welt, ist auf den Körpern von Frauen erbaut worden, die wiederum auf Stieren ritten. Eine Illusion von Handlungsfreiheit, die es auch in diesem von Klimaerwärmung überhitzten Sommer der Veränderung des Jahres 2017 noch gibt, als die Bewegung #metoo, eigentlich schon 2006 aus Schwarzen feministischen Strukturen erwachsen, von pinkhütigen, weißen Frauen, die andere für sich arbeiten lassen, aufgegriffen wird,

nasty women,

und auch nach Schweden schwappt, wo Frauen wie die Schauspielerin Cissi Wallin auf Twitter die Namen ihrer Vergewaltiger preisgeben, in der Hoffnung, dass es nun endlich Gerechtigkeit geben wird.

I believe in the law.
Yeah, you're the law-and-order candidate. Because it supports people like you and takes away our freedom.
Dramatic.

Only because you make me.

Die Anti-Sexismus-Gesetzgebung in Schweden ist fortgeschritten, das sagt man so, das sagen die Medien in allen Ländern, also kann den Frauen ihre naive Hoffnung wohl vergeben werden, aber: Recht ist nicht Gerechtigkeit, wie einer der ersten Sätze, den ich von meiner Anwältin höre, lautet, und nachdem Cissi Wallin den Namen ihres ANGEBLICHEN Vergewaltigers – und sie muss (dafür habt ihr gesorgt mit euren *promising young/older/old men*) genauso ANGEBLICH schreiben wie wir alle,

nasty women who want to destroy you

–, auf Twitter veröffentlicht hat, muss auch sie sich dies eingestehen: Recht ist nicht Gerechtigkeit.

Das Rechtssystem in Schweden ist zweistufig: Man benennt den ANGEBLICHEN Täter, und dann kann dieser Anzeige erstatten wegen VERLEUMDUNG. Das System in Schweden ist zweistufig, das heißt, das Verfahren ist zweistufig. Nachdem Cissi Wallin den ANGEBLICHEN Täter benannt hat, erhält sie die Anklage wegen Verleumdung. Daraufhin muss sie beweisen, dass es ein berechtigtes öffentliches Interesse an der ANGEBLICHEN Vergewaltigung gibt, ohne Aussagen zu wiederholen, die auf den ANGEBLICHEN Vorfall Bezug nehmen. In Schweden, Land von Freiheit und Gleichberechtigung, auch die Väter übernehmen schließlich Care-Arbeit, da wollen sie ihren Namen verteidigt wissen, scheitern alle Frauen, die öffentlich Namen nennen, an dieser Hürde.

It's just justice.

Again, in your favour. Doesn't mean it's justice. Or just.

Obwohl ihre Psychologin ihre Geschichte bestätigen kann und obwohl es andere Frauen gibt, die mit diesem Mann ANGEBLICH Ähnliches erlebt haben, das Wort VERGEWALTIGUNG darf nicht fallen, und so entscheidet das Gericht: KEIN ÖFFENTLICHES INTERESSE.

Cissi Wallin ist deswegen nun vorbestraft. Wenn sie jetzt noch einmal den Mund aufmacht oder über die Sache schreibt, gibt es Gefängnis. Wenn es nicht ausgesprochen wird, kann die Welt gerecht bleiben, super, duper, wie ABBA singt. ABBA sei ohnehin das Ende der Zivilisation, sagst du, diese gedankenlose Tonabfolge, angereichert von gedankenloserem Text, und ich muss dir zustimmen. Trotzdem: It's a rich MAN's world, und die Bitte der Frauen, gehört zu werden, fällt auch in Schweden auf taube Ohren. Nicht einmal reiche, melaninarme, blonde Frauen haben eine Chance. Wie soll es dann anderen ergehen. Uns, zum Beispiel.

Again, an oversimplification.
Shut the fuck up.
You're the one who can't stop judging me
by my worst qualities.

**

Natürlich stimmt, was du sagst: Deine schlimmsten Eigenschaften sind nicht deine einzigen. Das wäre einfacher. In unserer gemeinsamen Zeit treffen wir auf Menschen, die wir gemeinschaftlich ablehnen, die du als *cunty* bezeichnest und ich als Arschlöcher bezeichne. Bei allen

Widersprüchen gibt es Dinge, die uns von Anfang an verbinden. Wir können beide scharfzüngig sein und lästern und verbünden uns aufgrund des vermeintlich schlechten Geschmacks der anderen, ihres Desinteresses an der Welt, weil sie alle langweilig sind und wir hingegen aufregend. Dein Narzissmus ist ansteckender als jeder Virus. Wir blicken in einen gemeinsamen See, fallen in ihn hinein. Du bist ehrgeizig, neugierig, willst alles wissen, genau wie ich. Wenn wir uns übertrieben Luxus gegönnt haben, ein Viergängemenü in Restaurants aus Michelin Guides, was uns arm und glücklich zurücklässt, spiegelt sich darin ein gemeinsames Verlangen, so ekelhaft neoliberal wie ehrlich. Du findest für alles die richtigen Worte, bist einer, der Antworten hat, der sich wehrt gegen einfache Strukturen und Vorurteile. Selbstbewusst navigierst du das dir vertraute Parkett und vertraust mir an, eigentlich nur glücklich werden zu wollen.

Das ist alles simpel, abgedroschen, eine hohle Phrase ist das, genauso wie: Dein Glück geht auf die Kosten anderer. Und alles, was du sagst, womit du mich einlullst in diesen ersten Wochen und Monaten des Kennenlernens, ist good old love bombing, tausend Komplimente, darin bist du gewieft, das ist Routine für dich, das wirkt alles traumhaft in diesen ersten Wochen, als wir uns etwa einen gemeinsamen Weg durch Taxis schlängeln und du meine Hand das erste Mal in deine nimmst. Vielleicht auch das zweite Mal. Sie ist weich und kalt, hat noch keinen Tag in ihrem Leben hart gearbeitet. Die langen Finger, Klavierspielerfinger, die sorgsam gestutzten Nägel, die gepflegten

Nagelbette – und dies, obwohl ich dich im Geheimen des Öfteren daran kauen sehe –, und aus Hunderten Träumen kenne ich später jede deiner Bewegungen, spüre den Reißverschluss auf meinem Oberschenkel, und in Hunderten Träumen ramme ich dir erneut nicht mein Knie in den Schritt, sondern lasse zu, wie du dich an mir aufreibst, bis es zu spät ist und du in weniger als fünfzehn Minuten alles zerstört hast.

**

»Er ist eigentlich immer ein Delfin gewesen«, stelle ich mir vor, zu Polizistin Daisy Alraune Schmidt zu sagen – *Daisy* Alraune, Daisy *Alraune*, dieser unmögliche Name – und meinen Bericht über das, was vorgefallen ist, damit zu unterbrechen.

»Ein Delfin?«, würde sie verwirrt fragen.

»Ein Arschloch halt. Delfine sind die Arschlöcher der Meere. Sie ersticken Fische, jonglieren mit ihnen an der Wasseroberfläche, von feuchter Nase zu feuchter Nase. Delfine vergewaltigen …«

»Sie vergewaltigen?« Es wäre Verständnis in ihren Augen.

»Ja.«

»Dagegen müssen wir etwas unternehmen.«

Delfine retten aber auch Menschen. Da Delfine Menschen retten, erwartet man von ihnen nicht, dass sie vergewaltigen, morden, foltern. Genauso wenig wie man von Schweden, dem Land von Pippi Langstrumpf und Ronja

Räubertochter, dem Land von Geschlechtergerechtigkeit und feministischer Politik, erwartet, dass das passiert, was mit Cissi Wallin passiert ist. Es ist die perfekte Tarnung, doch

hinter den richtigen Worten und Phrasen,

hinter *believe women, believe victims*

machen Delfine keinen kurzen Prozess. Sie spielen lange mit ihren Opfern, und ich wünschte, es wäre wirklich so, dass du in diesen fünfzehn Minuten alles zerstört hättest, aber mein Hirn kann dich nicht so schnell neu einordnen zwischen grauen Zellen und neuronalen Pfaden. Es hält dich fest in dieser Kategorie von Sanftmut und Rationalem und Empathie, in all den Facetten deiner Schauspielkunst, und anstatt dass wir rufen, »Da sind die verdammten Mörder, holt sie euch!«, freuen wir uns, Delfine zu sehen, wenn wir auf Schiffen und Booten über den Pazifik fahren. Vielleicht also wissen die Jäger in der Taiji-Bucht in Japan, in die sie Delfine zwischen März und September bei einer Treibjagd jagen, um den Großteil von ihnen zu töten, das Meer mit ihrem Blut rot einzufärben, einfach mehr, und PETA und Co haben unrecht, wenn sie das Ganze als grausam verschreien.

Es fällt mir schwer, die Umgebung wahrzunehmen, das weißgraue Zimmer und die blaue Uniform vor mir, oder raus aus diesen Was-wenn-Spielchen zu kommen, wenn in meinem Kopf die ganze Zeit deine Partituren spielen und neue rote Linien reißen.

»Hey«, sagt Finn, »komm zurück.«

Es ist nicht so, als ob ich bleiben wollte.

But you can stay.

I just said, I DON'T WANT TO.

»Brauchen Sie eine Pause?«

Ich schüttele den Kopf. Setze dort an, wo ich bereits war, und erzähle weiter, speie Worte aus wie salziges Wasser, an dem ich mich im Meer verschluckt habe.

**

Was tue ich in den Tagen, nachdem es passiert ist. Woran kann ich mich noch erinnern. Das Rot meiner Decke, ich schlafe zu viel. Ich weine nicht in der Badewanne. Ich esse zu wenig, ich esse zu viel. Telefonate am Abend und in der Früh. Die Stimmen am anderen Ende der Leitung, von ungeduldig bis wütend, traurig, mitfühlend, rauschen in der Leitung, hohe und tiefe Stimmen, alle Frequenzen. Vielleicht wirst du daraus eine Symphonie schreiben.

Das Rot meiner Decke, darauf weiße und graue Buchstaben, *Good Night* steht da und *Sweet Dreams*.

Ich ernähre mich gut, koche viele neue Gerichte und Berge von Jollof Rice, es riecht nach Chili und Knoblauch, die ganze Wohnung voll davon, jede Ecke, und auch die Decke durchsogen damit.

Ich gehe in die Lohnarbeit, schreibe Sätze wie:

Nur das Beste für Deine Haut.

Seife. Sonst nichts.

Auf meiner Haut währenddessen immer noch der Jollof-Geruch, der sich im gesamten Büro ausbreitet.

Ich verliere mich in der Lohnarbeit.

Das Studio besuche ich in den Monaten, nachdem es passiert ist, nicht, alle Arbeit dort liegt brach, weil sie mit dir verbunden ist.

You dream of labour after all.

Jede Note, die mich an dich erinnert, ersticke ich. Ich höre keine Lieder mehr und schalte Serien auf lautlos, wenn der Soundtrack im Hintergrund anschwillt oder der Song oder das Stück mich an dich erinnert. Jede Figur mit deinem Namen benenne ich um, behandle sie wie die anderen roten Linien, wie die unbetretbaren Viertel und Straßenbahnlinien. Manchmal überkommen mich Fantasien. Ich stelle mir vor, wie ich in alle Musikläden der Stadt gehe und alle Tasten aus den Steinways, vor allem aber aus den Kawaiis, herausreiße und dann mit einem Lastwagen vor deine Haustür fahre und alles dort auskippe, einen riesigen Berg an Klaviertasten, sodass du deine Haustür nicht mehr aufbekommst und darin verhungerst, und dann, dann komme ich und baue in deinem Garten einen Campingherd auf, auf dem ich Jollof Rice koche. Oder ich leihe mir einen Kran aus und transportiere einen Flügel durch die Straßen der Stadt, schlage damit in deinem reichen Viertel die riesigen Fensterscheiben im Untergeschoss ein, wo deiner steht, trete ein durch das zerborstene Fenster mit Baseballschläger und Wut, reiße ihm die Federn raus und gebe dem Wort Sodomie eine neue Bedeutung.

Doch nichts davon passiert in den Tagen danach. Stattdessen kehre ich zu einer Normalität zurück und ignoriere deine Nachrichten, und ich weine nicht in der Badewanne oder in der Dusche, und von außen betrachtet könnte man meinen, dass nichts passiert sei, nur mein Schlaf lässt mich wissen, dass etwas nicht stimmt, wenn ich im Stundenrhythmus aufwache und Sofageruch in der Nase habe. Dann greife ich zum Handy und wähle Nummern, bis jemand abhebt.

»Ach, Bebi, was heißt schon normal?«, fragt Max, als ich sage, ich sei nicht normal. »Bis 1994, in Deutschland Paragraph 175! Und Vergewaltigung in der Ehe! Ist erst seit Juli 1997 strafbar! Seit 1997! Was die Normies als normal ansehen, ist egal!«

**

All das erzähle ich Daisy. Sie kennt keinen Jollof Rice. Ich sage, das mache nichts, und erkläre kurz: ein Reisgericht, das es in vielen westafrikanischen Ländern gibt. Dass die Variante aus Nigeria besonders bekannt sei, und fast lade ich sie zu mir ein, um ihr das Gericht bei Gelegenheit zu kochen. Dass das Rezept vermutlich das Einzige ist, was mein Vater mir vererben wird, lasse ich aus. Daisy Alraune Schmidt nickt geduldig, während ich erzähle, und wiederholt, dass ich mich auf das Wesentliche konzentrieren solle. Ich möchte sagen, dass sie ja gefragt habe, was in den Tagen danach passiert sei. Stattdessen nicke ich in diesem sehr ruhigen, kleinen weißgrauen Zimmer, in dem wir jetzt schon seit einer Stunde oder länger sitzen, in dem ich erzähle und sie sich Notizen macht und Finn eine feste Präsenz hinter mir ist, und am liebsten möchte ich fragen, ob Daisy mir glaubt. Ich kann es nicht einschätzen. Das Handy in meiner Hosentasche vibriert. Das Geräusch scheint nur mich zu stören.

Es klopft an der Tür. Daisy, die mit ihrem Rücken zur Tür gewandt sitzt, dreht sich halb zur Seite,

»Ja?«

Die Tür geht auf, einer von diesen Pin-up-Polizisten, ein junger Hüne, steht im Rahmen, breite Schultern, schlanke Hüften, Bodyfat-Anteil maximal fünf Prozent. Der Geruch von Axe-Bodyspray weht herein, durchdringt das ganze Zimmer. In einer seiner großen Hände ein Glas Wasser. Ein bisschen zu viel Kraft, und das Glas würde sicherlich zerbersten, das Wasser auf dem Boden auslaufen.

Die Aufmerksamkeit des Polizisten scheint ganz auf Daisy gerichtet, und in den Augen dieses Hünen spiegeln sich Finns und meine wider, da ist etwas phänotypisch anderes, etwas, was sich eher auf dem Plakat als sonst wo auf dieser Station wiederfindet. *Orientaler Typ.* Lange Wimpern, feurige Augen und, wenn er blau trägt, treuester Verfechter deutscher Werte.

»Wie lange brauchst du denn noch? Wir brauchen deinen Input.«

Er reicht Daisy das Wasser, sie nimmt es mit einem dankenden Nicken entgegen.

»Vielleicht noch eine Stunde?«

»Eine Stunde, in Ordnung.« Er bleibt noch einen Moment im Türrahmen stehen, als wollte er noch etwas sagen, entscheidet sich dann offenbar dagegen, zieht die

Tür ganz sanft hinter sich zu. Der Geruch verschwindet mit ihm. Ich frage mich, in welchem Verhältnis sie zueinanderstehen, Daisy Schmidt und er. Ob er bereits bei gemeinsamen Trainings gewagt hat, mit ihr zu flirten. Ich stelle mir vor, dass sie ihn, stets höflich anlächelnd, zurückweist und er das akzeptiert, ihre Grenzen respektiert und bloß immer wieder nachfragt, ob sie etwas zu trinken haben möchte. Sie solle schließlich gut hydriert bleiben. Ich frage mich auch, wie er heißen mag, ob sie seinen Namen hier aussprechen können oder er einen dieser Namen trägt, die einen anderen Beruf unmöglich gemacht hätten, denn seit ich studiert habe, weiß ich, wie wichtig Namen sind, was der Kevin-Effekt bedeuten kann, weiß, dass nicht nur vom Äußerlichen, sondern auch von Namen auf Herkunft geschlossen wird und sich dadurch viele Türen verschließen, die sonst vielleicht aller Umstände zum Trotz zugänglich geblieben wären.

**

In Hanau werden 2020 neun Menschen mit sichtbarem Migrationshintergrund erschossen: Gökhan Gültekin, Sedat Gürbüz, Said Nesar Hashemi, Mercedes Kierpacz, Hamza Kurtović, Vili Viorel Păun, Fatih Saraçoğlu, Ferhat Unvar, Kaloyan Velkov. Die Polizei verdächtigt, als sie am Tatort eintrifft, die teilweise verletzten überlebenden Opfer der Tat. Noch heute stellt der Vater des Täters den Hinterbliebenen und ihren Familien und Kindern nach.

Mit deutschem Schäferhund steht er mal vor den Fenstern ihrer Häuser, mal vor dem Spielplatz.

Es gibt Probleme mit dem Notruf an dem Tag, die Polizei kommt nicht, kommt zu spät und hilft den Opfern nicht, ehe diese ihren

AUSWEIS

zeigen können,

und in einem Interview sagt ein Freund von einem der Getöteten:

»Ich erzähle jetzt dieselbe Geschichte seit Jahren, und es ändert sich nichts. Und ich muss da bleiben, an diesem Tag, werde immer wieder dorthin

zurückkatapultiert.

Es ändert sich nichts.«

Es dunkelt wieder in Deutschland, doch hell ist es schon lange nicht mehr. Das bespreche ich auch mit dir. Doch du, unbetroffen und unberührt, sagst, dass immer irgendetwas sei, dass es überall Leid gebe. Wie wolle man denn das Leid der einen gegen das der anderen aufwiegen, willst du wissen, und ich muss dir recht geben, denn die Logik dahinter ist lupenrein und lückenlos.

You're really making me seem like a sociopath.
Credit where credit is due.

**

Ich kann mir nicht vorstellen, während wir dort sitzen, dass Daisy so reagiert hätte wie die Polizei in Hanau. Ihre grünen Augen – oder sind sie blau –, besorgt wie sie jetzt sind, hätten auch dort nichts an Mitgefühl verloren, dort in Hanau.

»Also, um 23 Uhr war das?«

Ich muss konzentrierter sein.

Wenn ich nicht konzentrierter bin,
dann kommst du davon,
dann verfärbt sich das Klimpern vom Gang zu Rachmaninow
zur Ernsthaftigkeit osteuropäischer Musik, die du so mochtest. Auch wenn es dir immer schwerfiel, die präzisen Töne nachzuahmen, den Klang nachzuahmen.

»Die E-Mails und Textnachrichten müssten Sie uns entweder auf CD brennen oder auf einem einfachen USB-Stick vorbeibringen. Einzelne Nachrichten können Sie auch per Mail weiterleiten.«

I am your vengeful spirit. Crazy. Untamed.
The storm in your head that will not leave.
All you are is bad song lyrics, the smell of whiskey and a receding hairline.

**

Weil ich weiß, dass nicht nur vom Äußerlichen, sondern auch von Namen auf Herkunft geschlossen wird und sich dadurch viele Türen verschließen, die sonst vielleicht aller Umstände zum Trotz zugänglich geblieben wären, nenne ich mich seither Rahel und verschweige, dass mein Vater mich eigentlich Destiny genannt hat und Rahel bloß mein zweiter Vorname ist, ein Überbleibsel meiner Mutter.

Wegen des Namens und wegen der spärlichen Informationen meines Vaters weiß ich, dass meine Mutter Jüdin gewesen ist, und mit zwölf, fast dreizehn, las ich auf Google alles, was ich zum Judentum finden konnte, und feierte mit Finn eine private Bat-Mizwa, ohne Geld und ohne Rabbi.

»Eigentlich müsste ich ja Geld bekommen«, sagte ich Finn, »zur Bat-Mizwa.«

»Ich hab nur Pokémon-Karten.«

»Das geht auch.«

Ich bekam drei seltene Glitzerkarten von Finn, eine mit Glumanda, die dann einige Jahre später um die 150 Euro wert war.

Und wir kauften am Grindel in einer koscheren Bäckerei viel zu viele Brötchen und aßen sie dann einfach trocken, weil ich mir nicht sicher war, ob Nutella sie verunkoschern würde.

»Bist du überhaupt sicher, dass deine Mutter jüdisch ist?«

Ich nickte, auch wenn meine Zweifel mich immer davon abgehalten hatten, eine der beiden Gemeinden in Hamburg aufzusuchen, um jemanden zu fragen, der sich damit vielleicht besser ausgekannt hätte, also den Rabbiner oder die beiden Rabbiner der Gemeinden, die sich, wie ich Jahre später herausfand, nicht vertrugen, denn was, wenn mein Vater mir nicht die Wahrheit gesagt hatte. Ich nickte, denn ich wollte nicht zu denen gehören, deren Eltern stets argwöhnisch beäugt wurden von diesen blauen Körpern, die um unser Viertel die blauen

Linien zogen, wollte stattdessen, viel lieber, dass mein Umfeld wüsste, dass ich auch jüdisch bin, denn das hieße: Wenn das eine, wenn Jüdin, dann wäre das andere vielleicht überhaupt nicht mehr sichtbar, dann wäre ich vielleicht nur Jüdin und würde womöglich, zumindest vor der Polizei, als weiß durchgehen und hätte, egal wie kurz gedacht das war, als wie falsch sich das später, als ich begann, zu verstehen, herausstellen sollte, hier, in dieser Stadt, in diesem Land, Mitgefühl zu erwarten, schien es mir.

Die größte Gefahr für Deutschland liegt darin, dass diejenigen Länder, die ehemals die Alliierten bildeten, eine Vergebung und Versöhnung für die Verbrechen der Nazizeit anbieten, die ihnen nicht zusteht. Dieses Angebot kann, wenn überhaupt, nur von Opferseite aus gemacht werden, was genauso wenig von den ehemals alliierten Mächten verstanden wird wie es von deutscher Politik verstanden wird. Personen, die sich mit diesen Dingen besser auskennen als ich, haben das niedergeschrieben, darin liegt bestimmt eine Ermächtigung für irgendwen. Nicht aber für mich, denn, so scheint es, wenn das eine, wenn Schwarz, dann zählt es nicht, auch Jüdin zu sein, dann kann ich nicht das Opfer sein oder bringen, weder in Form und Statur noch in Verhalten, das Opfer, für das es ein Skript gibt, das besagt,

dass ich bestimmte Dinge nicht sagen darf, still sein, leiden, mitgenommen sein, stark bleiben muss und vergeben kann.

We live in a society.

Meine Mundwinkel verziehen sich bei deinen Worten, denn du hast natürlich recht: kein Platz für Vergeltung oder für rachsüchtige Frauen.

You said so before.

Passiver Widerstand, sich willentlich Schmerzen zufügen lassen, die Gewalt der anderen entlarven, das ist die einzige Form des Widerstands, die zulässig zu sein scheint.

You said so before.

Fuck that.

Ich habe nur die Hälfte des Skripts und den Baseballschläger in meinen Fantasien. Das reicht nicht, um dich kleinzukriegen.

Einen Weg zurück zu mir zu finden, in eine Rolle, die weder du noch die Gesellschaft mir zuschreiben, das ist das Ziel. Sagt zumindest meine Therapeutin.

Doch du kämpfst mit unfairen Mitteln. Nachts in meinen Albträumen, tagsüber in Gerüchen und Geräuschen. Das aber reicht nicht, um mich kleinzukriegen.

Du kämpfst mit unfairen Mitteln, denn wenn du eines die ganze Zeit über in deinem Besitz hattest, dann EINFLUSS auf mich,

Einfluss, den ich dir gegeben habe,

und dass dieser, dass du unbedeutend wirst, das ist der Wunsch. Nichts würde dich härter treffen, als wenn Menschen, die etwas zu sagen haben, deine Kompositionen auseinandernähmen und dir klarmachen würden, dass diese keinen Wert haben. Dass dein einziges Ausdrucksmittel genauso überflüssig ist wie du selbst. Denn trotz allem ist es dir doch ein Bedürfnis, geliebt zu werden.

Wieder würde Finn meine Gedankenspiralen unterbrechen, würde er sie kennen, und ich bin dankbar, dass er hinter mir sitzt. Wir sprechen nicht viel miteinander, das haben wir noch nie, aber wir haben schon immer verstanden. Wir haben verstanden und doch manchmal zu spät reagiert oder in dem Moment nicht reagieren können, in dem wir eigentlich hätten reagieren sollen.

Als die Beamten Finn in der Schule abholen, ist er fünfzehn. Sie verhören ihn mehrere Stunden wegen einer Sache, von der sich später herausstellt, dass sie ein anderer verbrochen hat. Ich glaube, ich verstehe an dem Tag und in den Tagen danach das erste Mal, wie austauschbar unsere Körper sind.

Ich glaube, in dem Moment, als es passiert ist, war auch mein Körper für dich austauschbar.

Weil du in diesem Moment meinen Körper austauschbar machst, kann ich in den Wochen darauf nicht auf ihn hören, wenn er Schlaf braucht oder Hunger hat. Er hängt nutzlos an mir herab, Skelett, Muskeln, Fett und Haut, wird ein seltsamer Sack, der mir anhängt, mir anlastet. Die blauen Flecken, die du diesmal zurückgelassen hast, sind gleich und anders. Das sind die Sätze, die die Leute hören wollen, Sätze, die in ihr *Special Victims Unit* passen oder in ihre dänischen Krimiserien, in denen junge Mädchen zu Anfang das Ende der Gewalt erreichen. Nicht: Ich habe die Woche danach den besten Joloff meines Lebens gekocht und in der Schlaflosigkeit endlich den Comic vollendet, den ich schon seit Jahren fertig machen wollte, den über Katzen in Space. Sie wollen hören, dass ich es nicht schaffe, ins Studio zu gehen, aber nicht, dass ich nach zwei Monaten doch wieder hingehe. Sie wollen Klarheit, Eindeutigkeit, aber nicht, dass sich in meinem Kopf das Danach mit dem Jetzt und dem Davor überlagert, sodass ich nicht sicher sagen kann, ob ich so war, wie das Skript es vorschreibt. Weil ich das weiß, erzähle ich außer Finn zunächst niemandem davon – weder als es passiert ist noch danach.

Was ich zudem weiß: dass es die Leute und dich irritieren würde, wenn sie wüssten, dass ich in den zwei Monaten, nachdem es passiert ist, mehr an Finn als an mich selbst denke, mehr an den Tag seiner Verhaftung, an die Beamten, die ganz sicher nicht Team Polizeikalender waren.

Sie kamen in unser Pausenzimmer, wir saßen dort auf der Couch, diesem alten Ding, rot und voll mit Tintenflecken, Eddingmarkierungen, voll von den eingetrockneten Überresten von Pausenbroten. Ich glaube, dass wir uns über neue Pokémon-Karten unterhielten, die Finns kleine Schwester irgendwo geschenkt bekommen hatte. Dass das eine neue Pokémon-Generation sei, mit der wir nichts anzufangen wüssten. Oder vielleicht ging es um einen neuen Track, den Finn gebaut hatte, einen neuen Beat, den du bestimmt als zu einfach abgetan hättest. Jedenfalls saßen wir mit dem Rücken zu den Beamten und sahen sie nicht kommen, bemerkten sie erst, als sie Finns Namen aussprachen, ihm sagten, er stehe unter dringendem Tatverdacht wegen gefährlichen Raubs – im Nachhinein stellte sich heraus, dass dieser gefährlicher

Raub eigentlich nur ein einfacher Diebstahl gewesen war, den er nicht begangen hatte, sondern ein anderer Schwarzer Teenager –, legten ihm Handschellen an, und wir blickten uns an, Unglaube und Verzweiflung und stille Wut, und sie führten ihn ab, und ich bewegte mich nicht vom Fleck, die Beine mit dem Boden verwachsen.

Das war das erste Mal Ohnmacht, dieser Tag irgendwann im Sommer vor all den Jahren, und, viele Sommer später, jetzt wieder, immer in den Sommern, heiß und klebrig, Solero-Eis und Traum, Trauma und Solero-Eis.

Wir haben uns darüber nie im Detail unterhalten.

Als er wieder draußen war, kam Finn ein paar Tage nicht zur Schule. Ich ging jeden Tag zu ihm, nahm den zweiten Controller der Playstation, wir spielten Tekken und Fifa, manchmal sah ich dabei zu, wie er GTA spielte.

Für Finn gibt und gab nur das Digitale den möglichen Relief, die Möglichkeit zur Flucht vor der Realität. Nur hier kann und konnte er alles sein, Verschiedenes ausprobieren, auch mal Cowboy spielen oder so. Ich hingegen habe einen Vater, dessen Mutter schon weiß war. Meine Haare sind glatt, keine Locken, nicht kraus, sie sind einfach handhabbar, und meine Haut ist so hell, dass ich manchmal gar nicht gesehen werde, wenn ich mit Finn unterwegs bin.

»Ausweis, bitte,
nicht von Ihnen, das ist schon okay.«

Und auch jetzt kommt es mir vor, als behielte Daisy Schmidt, auch wenn ich erzähle und sie nickt und notiert, Finn im Auge. Auch wenn sie mir jetzt zuhört, jederzeit könnte es dazu kommen, das weiß ich, dass sie nach ihren Kollegen ruft und sie das Zimmer stürmen, dass sie Finn wegzerren und ich ihm wieder hilflos hinterherstarre und dass jede Narbe danach auf seiner Haut tausend Mal heller klafft als auf meiner.

Dass meine Haut so hell ist, liegt auch an der LSF-50-Sonnencreme, die ich jeden Tag verwende, und an in Deutschland nicht zugelassenen Bleichcremes aus Südkorea und Jamaika. Eigentlich habe ich so begonnen, mir meinen Körper kaputtzumachen, lange bevor ich dich überhaupt kennengelernt habe, habe ihn vor den Augen der Menschen, die Entscheidungen treffen dürfen und können, in eine Form gepresst, und du ihn später in eine andere.

**

Irgendwann, nach vielen schlaflosen Nächten DANACH, aus denen ich klischeegerecht schweißgebadet aufwache, schlägt Finn mir vor, eine Therapie zu machen, und ich wehre mich einige Zeit lang und lenke dann doch schließlich ein. Ein Schluck Wasser in der Kurve.

Leider gesetzlich versichert. Den nächsten freien Kassentherapieplatz gebe es erst, erklären mir unzählige freundlich-genervte Sprechstundenhelfer*innen am Telefon, in acht Monaten. Schließlich vereinbare ich einen Termin in einer Privatpraxis. Damian fährt mich, ohne zu wissen, wohin, über die sich schlängelnden Straßen, vorbei an den gleich aussehenden Beton- und

Billigbauten, nach Eppendorf. Es ist schon fast Herbst, aber der Tag ist sonnenklar, Blätter segeln herab von den Bäumen und säumen die Wegesränder. Eine Villa alten Geldes erhebt sich nach der anderen. Weiße, große, prächtige, imposante Bauten, die riesigen Türen teilweise mit Stuck umrahmt. In einer solchen Villa liegt die Praxis. Die Therapeutin hat ein »von« im Namen, das in dem goldgerahmten Klingelschild zwischen all den anderen Adelstiteln nicht weiter auffällt. Sie kommt an die Tür, lässt mich rein. Sie ist jünger als ich, hat Kastanienhaar, blasse Haut, rote Apfelbäckchen. Sie führt mich durch einen Gang in das Behandlungszimmer, ein pastellfarbener Albtraum, alles darauf ausgerichtet, zu beruhigen, von den strategisch platzierten Pflanzen bis hin zu den Motivationspostern, auf denen solche Sprüche stehen wie »Einatmen, ausatmen« oder »Das einzige Verhalten, das man kontrollieren kann, ist das eigene«. Wie fast alle Therapeutinnen, denen ich jemals begegnet bin, trägt sie weite, lockere Kleidung in Erdfarben. Es riecht nach Orangen und Tee. Die Haare auf meinen Unterarmen stellen sich auf, und ich denke, dass ich sie wieder wachsen müsste. Ich höre in Gedanken, wie du dich über die Therapeutin lustig machst, wie über so viele andere Frauen auch.

There are no good women left.

Shut the fuck up.

Meine Fingerkuppen brennen dort, wo sie die Buchstaben auf dem Bildschirm berühren.

You already said that.

Wir sitzen uns gegenüber, die Therapeutin und ich, in sehr bequemen Sesseln, weich, aus Leder, mein Körper passt sich an, und doch wieder dieser Geruch.

»Erzählen Sie, warum sind Sie heute hier?«

»Ich kann mich selbst nicht mehr gut auffangen oder so.«

Sie lacht, und ich merke sofort, dass ich mich in ihr getäuscht habe. Es gibt diese Menschen, die ein ehrliches Interesse daran haben, etwas zum Besseren zu wenden. Zu ihnen gehört sie auch, trotz des Privilegs, das hier aus jeder Ecke des Raumes, von den gerahmten Abschlusszeugnissen von deutschen und englischen Eliteunis bis hin zu den Echtholzmöbeln tropft. Ich wage den sentimentalen Vorstoß und erzähle ihr mehr.

»Das verstehe ich gut.«

Und ich glaube ihr.

**

Das erste Bild, das ich je bewusst gemalt habe, war von Finn. So viele Male sind wir gefragt worden, in der Schule schon und später, ob wir lovers seien. Waren wir nie. Er kennt mich nackt, ich ihn auch. Wir wissen umeinander und voneinander mehr als alle anderen. Freundschaften wie die unsere, hat man uns schon so oft gesagt, existieren nicht.

Auch du warst eifersüchtig auf Finn und hast einmal, als wir in der Kunsthalle waren und einen Film in einer Ausstellung sahen, in dem ein Eisbrocken immer und immer wieder von Wellen umspielt und überrollt wurde, so lange, bis er Teil des Wassers wurde und von ihm vereinnahmt wurde, gesagt:

»Ich will nicht, dass Finn nachher dabei ist.«

Ich war einen Moment lang überrascht, stimmte dann aber zu, und erst später, bei dir zu Hause, nachdem wir einem großen, tauben Meister in der Laeiszhalle zugehört hatten, den Geschmack von Steaks im Mund, fragte ich:

»Warum wolltest du eigentlich nicht, dass Finn dabei ist?«

Dein Blick gab nichts preis, und du gabst keine Antwort, das love bombing war zu diesem Zeitpunkt längst vorbei, und es stimmt, was mäßig gute Bands singen: Man kann sich nicht neu kennenlernen. Das ist alles passé, das Kapitel zugeschlagen, eingerissen, verbrannt, und wie der britische Comedian, den wir uns einmal gemeinsam angesehen haben, ehe alles in sich zusammenbrach,

sagte:

Vielleicht ist jede Beziehung nur ein langsames Erkennen, ein Herausfinden dessen, dass man die andere Person, wie sie in Wirklichkeit ist, eigentlich nie so sehr gemocht hat.

Doch dieser Comedian hat dich nie getroffen und nicht deine Finger auf seiner Haut gespürt, nicht gespürt, wie sie – c-Moll, d-Moll – alles auseinanderreißen. Sonst hätte er zu dir gesagt:

No matter how hard you try, you'll always be a sad little boy who needs to break things to get attention, to feel seen, validated, loved, and I recognize you now. But that's not my responsibility.

and if you hurt me
I do not have to forgive
and if you violate me
I do not have to forgive
no matter who you are
who your family is
how ambitious or promising you may be
or what your intentions were at the beginning
I do not have to forgive.

Und dann würde das Licht auf der Bühne ausgehen, das Publikum bliebe im Dunkeln zurück, unsicher, ob es klatschen soll oder nicht, während draußen Schüsse fielen,

während dort die Körper zu Boden fielen zwischen Walkürenritt und Rechtspflege,

und das erste Bild, dass ich je bewusst gemalt habe, war von Finn, das letzte, das ich bislang gemalt habe, auch, und als ich den Comicstrip fertigmachte, der mir so viele Jahre im Kopf herumgeschwirrt war, rief ich ihn an. Er kam vorbei, legte seine Hände auf meine. Er zog sich langsam aus, sodass ich den mir so vertrauten Körper vor mir sah, nur wenige Zentimeter von mir entfernt. Er drehte sich um und blickte über seine Schulter:

»So?«

Ich nickte und begann, die dunklen, warmen Töne anzurühren, malte ihn, seinen Rücken, die Hinterseiten seiner starken Beine, den offenen, vertrauensvollen Blick, den er mir über die Schulter zuwarf, und die Landkarte aus roten Linien,

Feuer aus dem Maul Glumandas.

**

In den Tagen, nachdem es passiert ist, lese ich REDDIT- und 4Chan-Einträge:

– Wir haben keine Lust, uns SCHON WIEDER mit Vergewaltigung zu beschäftigen. Dieses Hashtag #metoo, das ist doch passé, Schnee von gestern, lange her. Die Männer können nicht alle schlecht sein, Hashtag #notallmen, und damit es klar ist: vor allem nicht wir. Damit es klar ist: Die meisten Frauen lügen.

– Es sind doch meistens Frauen, die angeblich Opfer sexualisierter Gewalt sind. ANGEBLICH. Nach eigenen Angaben. Wenn Männer angeben, Opfer von sexualisierter Gewalt oder Belästigung zu sein, wird ihnen viel seltener geglaubt. Dabei lügen Männer NIE.

– Männer sind die sachlichen Bewahrer des LOGOS, Beherrscher der Welten.

– Und was ist überhaupt mit den Kriegsgebieten, in denen sexuelle Gewalt vor allem auch gegen Männer eingesetzt wird? Mit der Situation in Gefängnissen? Und was mit der Tatsache, dass man männliche Körper in Kriegen ohnehin mehr Gewalt aussetzt?

– Der männliche Körper ist entbehrlich, denn er wird nie gebären. Frauen und Kinder zuerst. Die ganzen Männer, die auf der Titanic verendet sind. Und Kate hätte Jack wirklich auf die Tür lassen können, sie war verdammt noch einmal BREIT GENUG.

– Keine Frau wird mich jemals lieben können, *time to lay down and rot*. mgtow.

– Eigentlich müssen Jungs nur ihr Zimmer einmal aufräumen. Nur so kann aus ihnen mal was werden. Sie müssen sich zusammenreißen, ihre Versorgerposition ernst nehmen. Du weißt schon, wer keinen Schmerz kennt. Nur die Harten kommen in den Garten. Und die Härteren kommen in die –

– Ich will eigentlich nur geliebt werden. Meine Gewalt ist wirklich nur ein stummer Schrei nach Liebe, Springerstiefel habe ich keine. Zu teuer, Inflation.

**

In England, genauer beim MET in London, gibt es in jüngster Vergangenheit zwei Fälle von Polizisten, die Frauen vergewaltigen und töten, die das Machtgefälle missbrauchen und über den Körpern stehen, in die sie
eindringen
und die sie totschlagen
um deren Hälse sie ihre Hände legen
fest zudrücken, bis alles verschwunden ist.

In Deutschland werden die meisten Klagen gegen Polizisten im Ermittlungsverfahren fallen gelassen und Fälle häuslicher Gewalt kaum zur Anzeige gebracht, denn: Die Polizei kann man nur bei der Polizei anzeigen. Also kein Entkommen für Betroffene.

Trotzdem sitzt ein paar Monate, nachdem es passiert ist, auch ein Polizist aus Bayern auf der Anklagebank, der traumatisierte Frauen ausgenutzt und sich das genommen hat, von dem er dachte, es stünde es ihm zu. Angeblich.

ANGEBLICH. Das Wort ist wichtig, sonst kriegen sie dich schließlich.

Häusliche Gewalt kommt auch bei amerikanischen Polizisten gehäuft vor. Kein Cop in einer Fernsehserie, der nicht Beziehungsprobleme hätte, aber die Buddies decken sich gegenseitig.

Es liegt an der Gewalt des Jobs,
nie an der Gewalt des Täters.

Es ist vielleicht nicht verwunderlich, dass die beiden Zwillinge, die mit mir zur Schule gingen und später zur Polizei wollten, die ersten beiden in der Schülerschaft waren, die mit der Polizei Kontakt hatten.

You either become a cop or you become a criminal,

schreibst du,

and my uncles are cops already.

So you never really had a choice then, did you.

I did look for beauty.

Meine Augenbrauen ziehen sich zusammen. Ich erwidere zögernd:

A confession?

Keine Antwort mehr.

**

Musikerinnen und Komponistinnen der Filmbranche schließen sich in Hollywood erst fünf Jahre nach #metoo zusammen. Sie seien aus dem Diskurs ausgelassen worden, da sie nicht sicht-, sondern nur hörbar seien, ihre Stimmen hinter ihren Instrumenten verschwänden. Auf einem der das Interview begleitenden Fotos hat eine Musikerin ihren Kopf auf die Tasten ihres Flügels gelegt. Ihre Augen sind geschlossen, der Ausdruck auf ihrem Gesicht aber alles andere als friedlich, und ihre Gesichtszüge erinnern mich an Beate Zschäpe, die, während die Anklage verlesen wird, während die Angehörigen der Opfer sprechen dürfen, zwischen ihren Anwaltswalküren Sturm, Heer und Stahl sitzt, von denen sie sich später zwar abwendet, die das Mandat – auch weil sie müssen – dann aber doch zu Ende führen. Die Bilder von der Gerichtsverhandlung zeigen Zschäpe größtenteils unbesorgt und selbstbewusst. Ihre Verteidigungsstrategie: Sie sei abhängig gewesen von den beiden anderen, von Uwe Böhnhardt und Uwe Mundlos, die sich umgebracht hätten, um nicht belangt zu werden. Diese hätten den Mord an neun rassifizierten Personen und einer Polizistin zwischen 2000 und 2007 eigentlich allein zu verantworten gehabt, lässt Zschäpe, die Haare, wie die Presse sagt, mit Tönung aus dem Gefängnisshop kastanienbraun gefärbt, bekanntgeben, sie sei von ihnen kontrolliert worden. Jahrelang dauert der Prozess, immer wieder dieselben Lügen, schriftlich oder aus ihrem Mund, geführt von einem Rechtssystem, das so tut, als hätte man nicht ewig im Umfeld der Betroffenen ermittelt, als wäre man nicht von Bandenkriminalität ausgegangen, als hätte die Presse das alles nicht als »Döner-Morde« betitelt, als hätte es die esoterischen Anwandlungen der Hamburger Polizei, die einen iranischen Totenbeschwörer einfliegen ließ, und die Undercover-Aktion der Frankfurter Polizei mit dem Fake-Döner-Stand nie gegeben, geführt von einem Justizsystem,

in dem kein Platz für Emotionen ist,
in dem Justitia selbst gefangen ist, denn:
Hat sie der Augenbinde zugestimmt,
hat sie ihr Consent gegeben,
führt sie wirklich ein Schwert
oder hat einer es ihr in die Hand gedrückt,
in die Hand gedrückt und gerufen: »Sieh zu, wie du dich wehrst, ohne zu sehen, ohne zu erkennen.«

Immer dieselben Lügen.

Hier liegt sie nun über der Klaviatur, breitet sich darüber aus. Die falsche Zschäpe im Schlaf.

Wenn ich solche Gedanken habe, dann verstehe ich Gewalt, dann verstehe ich, die eine Angst gegen die andere gerichtet, dass ich wegen solchen wie Zschäpe auch diejenigen deutschen Frauen verurteile, mit denen ich mich verbünden sollte. Denn Zschäpe zieht sich durch meine Albträume, genau wie du, wie Neonazis in der Morgensonne auf Deichen, wie besorgte Bürger*innen vor brennenden Flüchtlingsheimen, wie »auch sie war eine Frau unter Männern, wenn auch eine böse«,

wie die Knie auf den Rücken meiner Geschwister.

But I need you now, Polizei.

**

Als wir den Raum verlassen, Daisy, Finn und ich, in dem wir eine Unendlichkeit gesessen haben, wird die Tonabfolge klarer. Nach rechts und um die Ecke geht es wieder in den Eingangsbereich, aber von links, aus dem Gang, der im Halbdunkeln liegt, hört man es deutlich, ein Klavierquintett, g-Moll, das von Sibelius vielleicht, ist auch egal. Ich starre den Gang hinunter, möchte mich beinahe dorthin bewegen, mache den ersten Schritt, doch Finn hält meinen Oberarm umfasst und lässt mich nicht weichen, und Daisy dreht sich noch einmal zu uns um. Im Gegenlicht der Deckenlampe erscheint sie ungeheuerlich in ihrer Präsenz, honigblondes Haar und das Licht, das die abgebrochenen Härchen auf ihrem Haupt säumt, es so wirken lässt, als würde ihr Umriss leuchten. Alles zieht mich zu ihr, mich hier im Dunkeln, Finn und mich, und später suchen Finn und ich Daisy auf Instagram, und ihr Profil ist auf privat geschaltet, aber man sieht sie auf dem kleinpixeligen Quadrat bei einem Marathonlauf, Muskeln und Sehnen in Armen und Beinen angespannt, als könnte sie gleich lossprinten und sich vor uns stellen, als könnten sich ihre Arme um uns legen oder die Hände mit den langen, glitzernden Nägeln auf unsere Schultern.

I need you now.

Als könnte sie uns beschützen.

Ich schiele auf das Display meines Handys.

Keine neuen Nachrichten mehr.

Eine Haarsträhne segelt neben mir zu Boden und bleibt liegen, markiert einen Schwarzen Strich auf weißem Boden, eine Linie.

Epilog

Die Wochen nach dem Tag auf der Polizeiwache vergehen unerträglich langsam. Sie kriechen dahin, Stunde um Stunde. Keine Nachrichten mehr. Es ist schlimmer als nach dem Vorfall, die Zeit eingefroren und angehalten. Ich google unzählige Male »Ermittlungsverfahren – wie lange«, »Wie lange dauert ein Ermittlungsverfahren in Deutschland«, »Wie lange ermittelt die Polizei«, »Wie lange dauert ein Strafverfahren«, »Wie lange, bis man von der Staatsanwaltschaft hört«. Ich frage sogar eine KI. Doch das Internet hat keine Antworten oder, wenn doch, versteckt sie in den Weiten seines Codes.

Ich lande auch auf den Websites privater Strafverteidiger für Sexualstrafsachen, einmal auf einer Seite von einem Mann, der auf seinem Profilfoto so wirkt, als wäre er vielleicht Anfang vierzig. Er trägt seine Haare zurückgegelt und einen blauen Armani-Anzug (blaue Anzüge, das weiß ich dank dir, signalisieren Seriosität und Zuversicht), blickt bestimmt in die Kamera. Die Kernbehauptung auf seiner Seite lautet: Die meisten Opfer sagen nicht die Wahrheit. Auch wenn alle Statistiken und Studien dagegensprechen, er weiß es besser.

Ich verliere mich wochenlang wieder in meinen Gedanken, die sich überlappen, aufeinanderstapeln zu einem unsicheren Turm, schwankend in meinem Kopf, der gefüllt ist mit Sonaten und übergriffigen Berührungen, mit Brahms und Beethoven und Sibelius.

Wochen oder Monate später liegt die Vorladung zur Nachvernehmung im Briefkasten.

Diesmal ist es nicht Daisy, die mich befragt. Es ist ein anderes Gebäude in einem ganz anderen Teil der Stadt. Ein Gebäude mit weißen Wänden und von hohen Bäumen gerahmt. Ein versteckter Ort, Teil der Umgebung. Die Räume darin sind größer als die auf der Polizeistation. Auch die Technik wirkt so, als hätte sie zumindest die 2000er hinter sich gelassen. Die Frau, die mich dort befragt, ist ebenso blond und groß gewachsen wie Daisy, wirkt aber routinierter und hat keinen ausgefallenen Namen. So wenig ausgefallen ist er, dass ich ihn direkt wieder vergesse, und für sie bin ich ein Fall unter vielen, die in diese Kategorie fallen

Beziehungsdelikte.

Epilog

»Er war erregt.«

»Wie hat sich das angefühlt?«

»Ich spürte, dass er eine Erektion hatte.«

»Und wie spürten sie das?«

»Ich spürte seine Erektion an meiner Oberschenkelinnenseite.«

»Und wie fühlte sich das an?«

»Hart. Warm. Ist es das? Sind das die richtigen –? Die Eichel wie klebrige Seide, wie das, was Seidenraupen auf Maulbeerblättern spinnen, oder eigentlich wie die Seidenraupen sclbst oder so.«

»Wo denn?«

»In einem Zoo oder einem botanischen Garten.«

»Was passierte dann?«

»Was glauben Sie, was dann passierte?«

»Wie hat sich das angefühlt?«

»Wie fühlt es sich an, so zu fragen?«

»Wie hat sich das angefühlt?«

»Ich hatte Angst.«

»Warum hatten Sie Angst?«

»Macht es Sie an, das zu fragen?«

»Warum hatten Sie Angst?«

»Man hat lange angenommen, dass Frauen, die nicht weiß sind, vor allem Schwarze Frauen, gar nicht vergewaltigt werden können, wussten Sie das?

»Warum hatten Sie Angst?«

»Das ist der sogenannte Jezebel-Komplex, also die Vorstellung, dass Schwarze Frauen von sexuellem Trieb gesteuert seien, dass ihr Körper das ständig brauche, die weißen Sklavenhalter ihnen einen Gefallen täten, es sei eine Bürde, white man's burden, und die armen weißen Frauen, die das ertragen müssten, damit der Besitz in Zaum gehalten werde. Das ist alles ekelhaft. Wirklich ekelhaft.«

»Warum hatten Sie Angst?«

»Da sollte auch Ihnen die Galle hochkommen.«

»Warum hatten Sie Angst?«

»In Deutschland nimmt das Rechtssystem Täter grundsätzlich stärker als Opfer in Schutz, wussten Sie das? Es sei denn, wenn zum Beispiel Neonazis verprügelt werden. Dann gibt es plötzlich eine Beweislastumkehr. Das ist nicht nur in Deutschland der Fall, eigentlich betrifft das die ganze Welt. In Deutschland kommt halt noch hinzu, dass vor 1945 dieselben Richter eingestellt waren wie nach 1945. Dass auch Parteizugehörigkeit zur AfD nicht verhindert, dass eine Person Richter*in sein kann. Dass man Reichsbürger*in und Richter*in in einer Person sein kann.«

»Warum hatten Sie Angst?«

»Ich wollte nicht, dass das passiert. Dass das schon wieder passiert.«

»Haben Sie Schäden davongetragen?«

»Ja. Ich habe Schäden davongetragen.«

»Was für Schäden haben Sie davongetragen?«

»Der Unterschied zwischen Träumen und Albträumen ist nicht mehr so klar. Alles, was ich vom Leben wollte, ist nicht mehr klar, und ich weiß nicht, ob diese Traurigkeit meine ist oder ihm gehört hat, ob er seine ganze Scheiße auf mich übertragen hat und ich jetzt hier sitze und mir Fragen darüber anhören muss und mich selbst auseinandernehmen muss, und zwar schon wieder, obwohl es doch an ihm liegt und nicht an mir, und ich weiß nicht, ob ich schreien darf oder mir das als Aufmerksamkeitsgeilheit angerechnet wird, ob mir ein übermäßiger Belastungseifer attestiert wird. Und was ist mit Ihnen?«

»Ich notiere nur, was Sie sagen. Ich bin neutral in der Sache.«

»Was bedeutet das, neutral?«

»Ich bin weder für noch gegen Sie. Ich höre mir an, was Sie zu sagen haben, und urteile nicht.«

»Sie urteilen nicht?«

»Nein.

Ich urteile nicht.«

Ich urteile nicht.

Epilog

Ich würde gerne einen Schluss finden. Ein »Und dann war es gut«. Doch so leicht ist es nicht, so schnell wird es nicht, war es nicht,

das Auseinanderdividieren von Körper, von Gedanken und dir.

I am in need

of time.

Seit Wochen derselbe Traum. Von unterhalb der Wasseroberfläche, einer eisigen Glasfläche, beobachte ich ihren Ritt.

I need you now.

Lass mich nicht im Stich.

Days you'll find me
(in a place I like to go)

Simoné Goldschmidt-Lechner (SGL) is a writer and a translator and is interested in (queer) fandoms online, horror from a post-migrant perspective, language in video games and linguistic experimentation. SGL has been writing prose and poetry in German and English since 2018 and has participated in various theatre, performance and film projects since 2022. Their debut novel *Messer, Zungen* was published by Matthes & Seitz Berlin in 2022. SGL has translated *Against White Feminism* by Rafia Zakaria (2022), *Exponiert* by Olivia Sudjic (2023) and *GOOD TALK* by Mira Jacob (2022), among others.

Erste Auflage Berlin 2024

Großbeerenstraße 57A | 10965 Berlin
info@rohstoff-literatur.de

Umschlag: Marion Wörle, Berlin
Satz: Tom Mrazauskas, Berlin
Druck: Art-Druk, Szczecin

ISBN 978-3-7518-7023-8

www.matthes-seitz-berlin.de
www.rohstoff-literatur.de

Rohstoff Verlag ist ein Verlagsprojekt
von Matthes & Seitz Berlin.

SGL

Days you'll find me (in a place I like to go)

Rohstoff

Content note: This text contains descriptions of police violence and domestic abuse, as well as sexualised violence (non-explicit). Racism, sexism (and very briefly homophobia as well as animal cruelty) are addressed.

Persephone and Kore. Two versions of the same goddess. Persephone, the divine, the adored, who belongs to Hades or has been violently MADE to belong to him, and Kore, »girl«, daughter of Demeter. Persephone, the venerable, the great, she who must be respected, who may not be named by others.

Goddess of spring, Queen of the underworld.

Persephone, abducted and raped by Hades. A less well-known fact is that the eternal patriarch Zeus consented to the rape of his daughter.

It smelled of roses, tulips, carnations, while she cried, pleaded, begged for her life, only to forget everything again soon after. Only to laugh and court the favour of Adonis, challenging Aphrodite.

It can't have been that bad, then, what her uncle did, not really.

Everyone knows: The girl is lying.

The same dream each night for months on end. First, there's the water slowly trickling down my windpipe and into my lungs. My ragged in- and outtakes of breath, gradually coming to a halt, as I desperately gasp for air. Clear skies and a blurry figure, blue, so blue and unforgiving, like steel and love and Steinway pianos.

I could never afford a Steinway.

**

The police kill a 16-year-old Black teen in Dortmund eleven days after it happens.

Someone at the refugee center had called them, afraid the boy might injure or kill himself. Special forces arrived in heavy equipment and surrounded him with machine guns ready to fire. The scared teenager held a knife out in front of him. This small defensive gesture was viewed as a threat, this smallest of shields against the state's superior power, against this country's monopoly when it comes to legitimised violence.

The boy was killed with five shots.

**

About three months later, that's all I can think about, although now is not the time for such thoughts.

Finn is standing next to me. I can see his eyes scanning his surroundings. They twitch from left to right. Upwards and downwards.

He sees more than I do, as he usually does, and as usual, he does not tell me what he sees.

Now his eyes seem to focus on the bright blue sign in front of us. A colourful exception in the grey surrounding it; the grey of the sky, the grey of the building, the grey of the path leading to the large glass doors beneath the sign. That font adorning the sign—Arial, I think. Briefly I find myself imagining the letters in a different font, Papyrus, Comic Sans, something to counter the difficulty of the situation.

PO-LI-ZEI.

The letters burn themselves into my eyes. I see the word and unbidden images come to mind. Of innocent people, pleading for their lives. Of people whose pleas are denied. And I think of Cop Watch, and the report on the teenager in Dortmund, and reports on the NSU, reports on Hanau.

I shiver.

Maybe I feel hot as well.

I try to think of what I have to say:

When, where, how.

The *why* is missing. The *why* is always missing, twelve years ago and now.

I don't want to be here. I never wanted to be here. Nervously, I run my fingers through my hair, and three or four strands dislodge with ease.

How many nights did I sit in front of the mirror, running my fingers through my hair again and again, as if repeating the movement could change anything.

Finn is singing softly to himself, I notice. Repetition compulsion.

»Fuck the police—«

»Shh, we want help, damn it,« I admonish, but I don't manage to put any real urgency into my voice.

Finn laughs. It's that nervous laugh he has when he can't really control certain mannerisms and tics.

We need to move.

From the right, where police cars have been neatly lined up, where the patrols enter a safe haven, another policeman passes us, noticing us, it seems, somewhat suspiciously out of the corner of his eye. He gives us a curt greeting, and I respond a little too late. He briefly turns to face us. He is tall and blond. His eyes as blue as the sign above the entrance. I once read that blue-eyed people are less likely to be affected by short-sightedness. I can't remember why. I can only remember one last rushed prayer that does not leave my lips:

I need you now, *Polizei.*

Please don't abandon me, short-sighted though I might be because of my dark eyes.

My heart races again, or it hasn't stopped racing ever since. I realise I'm already walking towards the entrance. Finn is beside me. He grips my shoulder, squeezing it. It's as calming as it is unnerving, because he always squeezes a little too hard.

A little too much of everything, always. Story of my life.

**

When Sally Challen was walking through the rain after her husband Richard had sent her to run errands, she might have already had the plan. According to some accounts, she hadn't been allowed to take an umbrella with her on that day in Northern England, which must have been particularly unpleasant even considering typical weather conditions there. Thousands upon thousands of hours of Richard abusing her must have overlapped in her mind as she was drenched by the rain and made her way through the streets, walking down paths she had come to know by heart. Maybe she hadn't yet completely made up her mind on that morning in August 2010. How did the hammer feel in her hand after everything that had happened between them, I wonder. Was it heavy or easy to wield? How often did she have to strike him until Richard collapsed? One blow for every thousand hours. She should have left him, of course. She should have left him. And she tried. But most people who are victims in abusive relationships need at least seven attempts to leave their violent partners. So she didn't leave, she couldn't manage. Five years later, emotional abuse became punishable by law in England.

When can inner liberation through violence be justified, one might ask.

But don't look back in anger, I hear you say.

The relationship between the Gallagher brothers is just as broken as Sally and Richard's was in the end, as ours was. But perhaps there is no other way, and Noam and Liam are, after all, equals. Sally, however, a Hebrew name, means princess, while Richard, from old French, means king. And the king always has the last say in court, even if his kingdom is built upon lies.

**

Finn and I enter. The overhead lighting is cold and harsh. A tall officer is standing behind a counter. It only reaches as far as his chest. He is also blond, and I think I can see skepticism in his eyes when we walk up to him. To our right there is a Black man who is in the process of filing a complaint for theft. Opposite the man sits a young policewoman in her mid-twenties. She, too, is blonde, but a darker shade of blond than the other two officers. This officer is extremely pretty, or rather, she definitely fits societal beauty norms. She could be an H&M model. Maybe that's what she wanted to be until by some coincidence she was diverted from her career path and now enjoys pretty privilege as a policewoman. In general, all the police officers are extremely good-looking here at the station. Ken and Barbie dolls in a sterile environment where the décor, it seems, hasn't changed since 2003.

»How can I help?« the officer in front of me asks. He's not smiling, and up close he's not as handsome. It was probably just the cheerleader effect: If you're in a group

with or just standing around beautiful people, you are perceived as beautiful regardless of how you look.

»I'd like to file a sexual assault charge,« I say quickly and quietly.

The officer's gaze doesn't harden as I would have expected, but instead becomes soft, tender almost, the corners of his mouth twitching, his eyes a blue-green sea of empathy. Then, in a voice that sounds almost placating, he asks:

»Would you rather speak to a female officer?«

I nod once, quickly, and probably awkwardly.

»Then you'll have to wait a little longer. It might take a while, though, my colleague's busy at the moment.« He gestures towards the female officer sitting opposite the man filing his complaint.

I nod again. Another strand of hair glides to the floor in front of me. I absentmindedly watch its descent out of the corner of my eye.

To the left of the lobby, in front of an enclosed space separated by glass, which seems to be where the office cubicles are, we sit down on uncomfortable chairs. The light above us emanates a slow, steady buzz. It flickers every few minutes like in a low-budget horror film. I think I can hear a few piano notes from somewhere. I briefly consider telling Finn this, then decide against it.

»Not my health insurance card, my son's,« says the man who is filing the complaint at the other end of the lobby, »My ID and residence papers.«

The policewoman nods.

»I understand, it's a difficult situation,« she says, and it sounds like she means what she's saying. The man seems to calm down a little. He's wearing old Doc Martens, the same ones I am, and clothes that don't match, dark joggers and a shirt with fine blue vertical stripes.

More policemen enter the lobby. They too are true Teutonic beauties. Grinning at the officer behind the counter, they make their way into the office space encased in glass. Finn's gaze follows them, observing them. I meanwhile stare straight ahead, trying to regulate my breathing. I should have had breakfast, or at least lunch. Mug shots, descriptions and sketches of people wanted in the city, the state of Hamburg, and nationwide hang on the wall opposite us. No information on the teen in Dortmund or any of the others, but many who resemble him, who could be his brothers. My smartphone is a heavy weight in my hand. A message appears on the screen. Sender unknown.

Don't forget about Brahms.

How could I when you keep reminding me? You talk about bending, bending, bending without breaking. Well, it did break in the end now, didn't it.

I spoke to Jodie on the phone a few days ago and she said it was the worst breakup of all times. I don't know if that's true. After all, the basic prerequisite for breaking up, actually being together, is missing. It wasn't a breakup, even though you certainly left something broken.

Finn is still distracted, so I quickly reply:

Stop texting.

Police stations are basically a cross between an ER and a government office, sterile but without that smell of sickness, and without the feeling of petty, superfluous Sisyphean labour. Anchored somewhere firmly between death and bureaucratic control, in a fragile state of tension that could tip at any given moment. Monopoly of violence. The batons on the officers' belts make me more nervous than their guns.

The man who was filing the complaint is still upset. He keeps repeating that today is a terrible day. One of the most terrible days ever. He laments the bureaucratic nightmare with the authorities that he now faces, with no one able to tell him how long things will take, and no ID in the meantime.

»You can get a temporary confirmation of residence from the *Ausländermeldeamt*,« the policewoman offers in an attempt to calm him down.

»And what about in the meantime? If I get stopped?« By you.

»You'd best go there right away. To the immigration office.«

There is a strange noise from the glass behind me, a groan or a loud exhalation. I can't quite place it.

»I don't want to go there,« the man now replies.

»I understand it's exhausting.« Maybe she had this script memorised, but she believes it, that much is clear.

»I don't understand anything there, and the people there don't understand me. What about my son's health insurance card?«

»I understand,« the policewoman repeats, »but you have now filed the complaint and received the confirmation from me, and with that you can get a temporary ID card.«

He repeats that this is the most terrible day a few more times, then the man takes his plastic bag, in which he seems to be carrying folders, and leaves the police station. In the meantime, Finn and I stare at the posters in front of us. I wonder how much good it does to have wanted posters hanging here. After all, outside of the interactive television programme *Aktenzeichen XY*, the public will never be able to see them like this, hidden away in the police station. Unless the public has charges to file, that is, and then they are busy with charges.

Somewhere behind the glass, behind us, a telephone starts ringing. I don't know how long we've been waiting, fifteen or twenty minutes maybe. Perhaps longer. I'd like to check my phone again, but I don't want to do it too often, otherwise I might have to explain things I can't explain to Finn. The office phone continues ringing behind us.

A woman enters the station with a determined stride, her hair is dyed red and pinned up, her gait is upright and confident. I'd like to have that kind of posture again, I think, and then realise that I've never had it because I've never been one of those people who could afford walking too confidently.

This doesn't belong to you.

She walks straight towards the officer.

»I have something to report.«

She speaks quickly and firmly, in a clear High German with sounding vowels, like a person who has her life very fundamentally under control.

On the other side of the city, she tells the officer, a known criminal has just turned up near a non-profit, where she works. She, however, lives here, on this side of the city, and the other employees called her, so she decided to come to the police here, while her colleagues are trying to keep the situation under control.

»They haven't called the police yet.«

»Why not?« the policeman asks, visibly irritated. His features are now tense.

»That's not what the two young women who are *regularly* stalked by him want. I think they might be related to the perpetrator.«

»Related?« A whole universe of rejection resonates in that single word.

»I think he's their brother. He's had his fair share of encounters with the police. So there should be a file on him somewhere already.«

»What charges are we talking about?«

»Can't you check?«

»Do you know the suspect's name?«

For a moment they stand facing each other, the officer and this woman, as if it's a stand-off on the first of May in Berlin or in Hamburg's *Schanzenviertel*. She takes a ready-made Molotov cocktail out of her black Michael Kors handbag, sets it on fire with a golden lighter and throws it behind the counter. Everything happens in slow motion.

She turns around while the officer's eyes widen, startled. He turns around, yelling something in the direction of the office cubicles. Finn jumps up and wants to grab me by the arm to drag me with him, but my limbs don't work, they're heavy as lead, just like in all my latest dreams. The woman bolts outside. Her high heels clack in time with the second hand of an invisible clock on the cobblestone, turning into a rhythmic echo. The policeman ducks away. Finn throws his arms over his head and himself to the ground, while I can only continue staring at the mugshots. I close my eyes, my displaced body screaming at me, pleading with me like Persephone pleaded with Hades,

move differently,

make a different choice.

Then I open my eyes again. The policeman and the woman are still in their little face-off. They both smile politely but completely insincerely in that very German way. In my opinion, feigned politeness is one of the most blatant forms of offensive behaviour, a thin veil thrown over the face of reality. A calculated, precise form of violence.

»I need more information to take action,« the policeman says now, then corrects himself, »We need more information.«

To take action, to make the right decisions on whether to stay put or take action.

Suddenly, SHE is standing in front of us. Honey-blonde and tall and in uniform, clear-eyed and clear-skinned, with rosy cheeks and nails that are surprisingly long and have been done up professionally. They have a glitter varnish.

She is a Valkyrie who will ride for or against us. We stand up hastily, looking up at her in awe.

»Would a different room be better, one that's a little more private?«

**

In a documentary I once watched that compares dogs to cats, the first scene shows people taking their pets into an unfamiliar, new space. Dogs are unsure but look to their owners to find out how to behave. Sit, down, heel, orders they have learned to follow, a certain routine, a certain calm. Cats, on the other hand. Cats immediately move away from their humans and seek out high places. They survey the room from above, then carefully make their way into every nook and cranny, squeezing their flexible spine into every corner. They are on the lookout for danger, weighing the risks so that they can retreat if necessary.

Entering a new space is always risky. The amygdala, that reptilian remnant in the brain that signals emergencies to the body, jumps into action, scanning the environment for danger. After some time has passed, you may feel a little calmer, less fearful. But then, when something happens, that room becomes a glaring wound on your map of the environment. Not only the room itself, but also the building that holds it and the neighbourhood where the building is located: they all become places you can no longer go.

There is a relatively well-known scene from an American sitcom that is not that funny (or at least it has aged quite

badly). The protagonist, as in most sitcoms a fairly non-descript white male, has just broken up with his girlfriend, and—accentuated with canned laughter—divides a map of New York into areas she might be and places she probably won't be. Haha, funny. Fuelled by my amygdala, the city has become divided in my head, too, into areas you might go and places I probably won't risk running into you. Red lines everywhere, inflamed, burning wounds, an entire city carved out of fear, an entire city I must leave behind. Haha, funny.

**

We follow the policewoman into a sparsely furnished room with a white table and two computers. Two posters hang on the wall. Paper and pens are scattered on the desk, a telephone sits in the corner. The computers look as if they were purchased at the turn of the millennium or shortly afterwards, complementing the modern-25-years-ago atmosphere of the station's entrance area. And the keyboards look as if they desperately need to be cleaned from scratch, greying from years of dust and sweaty fingers, hundreds of DNA particles stuck there between letter keys. Dirt settles deepest between these keys, which you slowly press down,

a classical sonata form, which means the exposition is repeated, while development, recapitulation and coda are not.

You refused to teach me.

The policewoman tells us to sit down on two of the three swivel chairs, we do as she says, we always do as they

say. She sits down opposite us, leaning forward slightly. We look deep into her eyes, greenest of blues. Bluest of greens. Staring into them like this feels especially strange considering the reason we are here.

»Tell me what happened in your own time,« she begins.

**

In moments like this, in intimate moments, in moments that are not supposed to exist, the perception of the body shifts completely. You can see the process of what's happening from the outside. You appear strange to yourself, spread out like that in front of the other. But this *you* is *me*, and you are someone else entirely. Strange how whispered words fall on ears that refuse to listen.

STOP. STOP. STOP.

In moments like this, in intimate situations, scenes come to mind, scences and characters, Sansa Stark, for example, from *Game of Thrones*, the princess of the North whose suffering is presented to viewers with a certain sense of eroticism. Sansa Stark, who can only have her feminist awakening when, given her naïveté in her initial love frenzy, she has been sufficiently punished by the narrative—and only when her punishment has served a man's character development.

After all, as they'll say later, you're such a gentle person, this sort of thing isn't in your nature, and, after all, weren't

we lovers and friends, things like this just don't happen, and, after all, you condemn this kind of violence in particular. So maybe you are also outside of your body when it happens. It's not you, but an alter ego. Maybe you are possessed.

I think of your gentle hands and how they are now bending, bending, bending my body, of the precision I used to admire in your fingers that I must now learn to despise. But Hamlet too is guilty of Ophelia's death, and Othello strangles Desdemona, you remind me months later,

and although she forgives him, she still dies,
and even if she forgives him,
she will still die,
and of course, it will take months for me to understand,
to learn to understand:
another man pretending to be gentle.

This is what bothers me most about Othello, aside from the blackfacing in theatres until the seventies of the 20th century or even later: Klaus Kinski, who also donned blackfacing in a sketch about the Three Wise Men, was and still is adored by the Germans. Klaus Kinski, who sexually abused his daughter for years, his daughter, who later said in an interview:

He was a magician.
But not a good one.
He was so mighty.

You see, what bothers me is that Othello is one of the few Black characters we have in literary history who has been passed down to us, and then he, of all people, has to be the one to commit the type of violence that fits into

stereotypes then and centuries later, so that it fits into what they expect of us on New Year's Eve in Cologne.

**

»Those are lovely nails« I say.

The policewoman—her name tag identifies her as Officer Schmidt—looks confused. I feel embarrassed by my comment. Finn, who is sitting slightly behind me to my left, places a hand on my shoulder. But instead of reacting in an annoyed or dismissive way, Schmidt looks down at her hands.

»Thank you. I have a friend who does them.«

»Is that so?«

»Yes. It's her dream to open a nail salon. But she doesn't have the funding to rent shop space yet. And she can't practice silicone nails with me, because I still have to be able to move freely. So that'd be a problem.«

You still have to be able to pull the trigger, still have to be able to wield the baton freely, I think, and immediately feel a little ashamed.

»It's good to have dreams,« I say, ever the fortune cookie ambushing others with tasty platitudes in conversations. I wonder whether she's allowed to speak so freely, whether she's allowed to engage in such harmless chit-chat, to reveal her friend's dreams to me. She's looking at me, waiting.

»It's a complicated story,« I finally respond to her question. My mobile vibrates in my pocket. I should have put it on silent.

»I won't judge you for anything you tell me,« Schmidt says now, and I doubt very much that that's true. She has moved even closer in her office chair. With cheap office chairs like these, I'm always afraid that the swivel mechanism will burst through the upholstery and bury itself into my body. A particular irony considering the circumstances. I can't shake the thought and move in the chair a little restlessly. Officer Schmidt watches me intently.

»Have you always wanted to be a police officer?«, Finn suddenly asks.

»Probably.« This time there is no pause between the question and her answer. I wonder what's going through her mind, how she views us,

in her eyes,

how do we look, sitting in front of her, on these two chairs, crammed in with her, the three of us, crammed into this room that's really only meant for two people. And then, as quickly as it began, the moment in which we could have gotten to know her has passed. She grabs a paper and a pen, firmly signaling that she will now start taking notes.

»Just start from the beginning. What happened?«

**

If you want to join the FBI, there are a few things you need to consider. First, you have to be an American citizen. This means that if you were not born in the US or to American parents, you have to have lived there officially for at least five years, for example as a green card holder,

before the naturalisation process can be completed. Naturalisation is a funny thing. In Germany, for example, you don't need an official green card, but you must have spent eight years in the country in an official capacity with a certain regularity to be naturalised.

If you want to become an FBI agent, you also have to be healthy, have a certain level of education, at least a bachelor's degree (the subject ultimately doesn't matter), and pass a fitness test. You have to have passed everything by the age of 37, unless you are an army veteran.

Start from the beginning.

When I was in my early twenties, I wanted to become an FBI agent for a short while. I wanted to become one because of a TV series about profilers, as if I had been lucky enough never to have crossed paths with the police when I was younger. But in our neighbourhood, the police were omnipresent, blue lines all along the river, squeezing us into the parallel society that the police and the state they represented so despised. Finn and I were often stopped, questioned, searched.

»Where are you going?«

»None of your business.«

»Show me your IDs, please.«

Show me your IDs, the ubiquitous magic words.

Years later, a video recorded in Berlin shows a police officer in the moments after pinning a Syrian refugee to the ground for the offense of being late on a fine. The Syrian man is distraught and sitting on a mattress, which seems to be the only piece of furniture in the room besides

a cupboard—at least that's all the shaky mobile phone footage shows. In broken German he asks what he has done over and over again, why the policeman is doing this. At some point, the officer loses his patience and yells, »This is my country, you're just a guest here!«

The video went viral. It had no consequences, except that there was an internal inquiry into structural racist tendencies in the Berlin police. The inquiry came to the conclusion that there is no structural racism in the Berlin police force, while we are still stopped, questioned, searched in our neighbourhood, while we see the blue lines running through the streets, closing in on us. And every so often, on New Year's Eve perhaps, we try and push back, triggering new debates about immigration. Smoke rises in the sky, signalling attack.

And despite all of this, and even though it was the same when I was growing up, I wanted to join the FBI for a while. I longed to be on the side of »you have the right to remain silent« and »anything you say can and will be used against you.« And when I first told him about my dream of becoming an FBI investigator my father, who paid little attention to me during my childhood and youth, perked up. He shouted at me what I was thinking, how I could even contemplate a betrayal of such magnitude, and then: »All cops are bastards!«

All men can be bastards.

Finn would say that in Germany there is a special flavour to the police, a very special past that tastes of Hugo Boss and Fanta. They cannot protect us because they

evolved as part of a very particular system. And we cannot count on them.

The desire to become a police officer or FBI agent as a non-white person is nothing but a revenge fantasy, I know that now. Everything I used to be able to relate to in cop shows is now overwritten by what I have witnessed in the world, all those cases, Trayvon Martin, George Floyd, Oury Jalloh and all the other victims of police brutality and police failure. And yet, when I think of you now, after what you did, sometimes I think of my knee burying itself into your back as you lie on the floor and are

struggling to breathe.

Anyway, back when I wanted to be an FBI agent, I devoured every police procedural I possibly could, including *Law & Order Special Victims Unit*, and thanks to you, I am one of the special ones. I remember one episode in particular about how the vulva is like a clock. Of course, the policewoman in the episode calls the vulva a »vagina« because whoever wrote this episode clearly didn't know much about female anatomy. The plot of the episode is about a group of party girls, one of whom claims to have been raped. She has corresponding injuries and is examined shortly after the incident. But it turns out in the end that she's been lying. As the brunette no-nonsense policewoman exposits to the audience and the manipulative blonde, an examination reveals that she had an orgasm during sexual intercourse, which could be determined because of the high level of blood flow in her vagina and how dilated her cervix was. And rape and orgasms, the

police officer explains, just don't go together. Everyone knows that.

The blonde party girl, now the declared liar in the context of the story, blushes and stammers: »But I just love him so much... I didn't want to lose him.«

You didn't want to lose me.
I didn't want to lose faith in you.

This short scene from a mediocre show had a long-lasting effect on me. It was a poisoned belief I held for the longest of times, that let me believe to an extent in the law-and-order system. But I now know that I would be lulled by charm and manners, by modest attitudes and expensive suits. That I might recognise all the traits, all those red flags that signal danger, but that they would still overpower me before I could do anything, and »All cops are bastards«, Dad says, but I need you now, *Polizei*. And cops are the arm of the state, and I want a warm hug. I want safety, and if Officer Schmidt were to give me an order right now, I think I would follow it, even if she gave me her baton and told me to attack my family and friends.

**

Once, while sitting at the kitchen table your father fashioned out of oak, you say that you wish it were different, but that there are no great non-white or female composers, at least no classical ones (you like pop music too, you say, but pop music is notoriously under-complex according to you, and it would do most pop musicians good if they knew

a thing or two about music theory, anyway. You mean Western music theory, of course, and speak of an actual theoretical underpinning instead of just experimenting on computer programs). You say this with your commercial charm, charisma dripping from your pores instead of sweat, and in moments like these I believe everything you say, I would believe you even when you blame me for the destruction of my own body, my spirit, or perhaps even the abstract concept of my soul, even though you are the one who wields the knife that is neatly dissecting me, even though you wield the hammer that is supposed to mold me into a shape of your liking. A shape to please you. A shape to make me forget.

»Es ist einfach so, dass diese Stücke keine Komplexität haben, keine Tiefe, und nur weil diese Stücke von Frauen geschrieben wurden, heißt das doch nicht automatisch, dass sie auch aufgeführt werden sollten. Ich als Mann, der als weiß gilt und cis ist und hetero, erfahre Ablehnung, weil meine Perspektive nicht länger gefragt ist. Das ist ja auch nicht fair. Aber das darf man ja leider gar nicht öffentlich sagen.«*

---

*»It is simply the case that these pieces have no complexity, no depth, and just because they were written by women does not automatically mean that they should be performed. I, as a man who is considered white, and cis, and straight, experience rejection because my perspective is no longer in demand. That's not fair either. Unfortunately, you just can't say anything of the sort in public anymore.«

You don't say it in German, of course, but in this version of events we'll assume for a moment that you do. It would make sense to have you speak German, to let you be taken over by the language just as your entire thinking has been taken over by this idea of German cultural hegemony.

In this version of events, we can assume for a moment that I don't buy into it, wide-eyed, gullible, that I don't soak up your charisma like male breast milk, but that I respond with something like:

»Maybe it's more to do with your listening habits. Maybe you think music by non-white, queer and female composers is worth less because you have learned to value European sound sequences more. Maybe now no one can come from the outside and question the value of those in whose tradition you place yourself and your entire self-worth. Maybe you just emulate your father, your siblings, take on their taste, just as you take on different character traits and interests from different people depending on your mood, pass on all the injuries they inflicted on you without being asked after you have given in to them. Maybe in just a few weeks you'll tear me to pieces because you don't hear my words any more than you hear the complexity of pieces whose sequence of sounds you can't appreciate because you've learned to prefer Bach, Beethoven and Brahms to the likes of Eastman and Price.«

But this version is not the one that happened. In the version that really happened, I didn't say anything because even then I was intuitively aware of your inability to accept criticism. Not long after our conversation,

a choreographer in Hanover attacks a female critic by smearing dog shit onto her face and I text:

Ah, that could have been you.

Maybe it was.

Maybe.

Too verbose.

Agreed.

But true.

I agree with you, but I don't answer. Not to you.

**

I answer to Officer Schmidt, though. I tell her about the weather that day (sunny, too warm, you were wearing shorts), then about the circumstances (we were boisterous, dancing in the kitchen just before it happened), and finally I say:

»I don't remember exactly. I just know I was scared.«

She looks at me. There's concern in her eyes. I've started to cry without realising.

»Would you like a glass of water? I'll get you a glass of water.« She more or less jumps up and leaves the room without waiting for my reply. Finn's hand is still on my shoulder. I turn my head to glance at him. He's smiling and it's both unsure and supportive. Then he gestures towards the poster hanging above one of the computer screens. It's a profiling poster.

North African type: Wide nose, dark skin and eyes, wide lips.

Mediterranean type: Dark complexion, (passionate) dark eyes, long eyelashes.

Eastern European type: Broad nose, tends to have a broad jaw.

The Semitic type is missing, but that might have been a little too on the nose. Even so, the poster is enough to make my father's ACAB chorus burrow into my brain again, and again I feel sorry, ever so briefly, for thinking this way, because Officer Schmidt has been *nice*. And still: Thirteen of the sixteen SEK members on duty in Hanau on the night of the attack were part of radical right-wing chat groups. The poster on the wall and the image of the police in my mind cannot help but complement each other. Before I can exchange my thoughts with Finn, Officer Schmidt has returned. Her cheeks are flushed, her breathing is fast, as if she's just exerted herself physically. I notice that she doesn't have a glass of water with her, but a few loose sheets of paper instead. She took her notes with her, I realise. Perhaps it's mandatory. She closes the door behind her, but noises can still be heard, the sound of people roughhousing, rapid footsteps, the soft sounds of a piano, perhaps.

»Your water will be here in a minute. The colleagues are busy right now and the kitchen is occupied, but it shouldn't take long.«

I must look confused because she quickly adds that her fellow officers are taking pictures for the annual police calendar.

»We publish one every year, just with the male colleagues. Sorry you have to wait.«

»No worries.« I imagine the Dorito-shaped bodies of her colleagues, broad-shouldered with narrow hips like a perfect crunchy triangle: biceps, triceps, quadriceps and all, languishing on the kitchen counter of the station. *Because sex and violence sells*, and who hasn't dreamed of being restrained with real police handcuffs, you say in my thoughts. I have to think of a slogan I once read while doing research for a project. The slogan was on a T-shirt in a Neo-Nazi merchandise shop. In German typeface it read: Praise be to what makes us hard.

Schmidt, meanwhile, sits down again in front of us on the swivel chair. Her honey hair, her blue-green ocean eyes and the blue of her uniform spread out before me like a long dream. I can see Wagner in the background, the man whom German high culture so readily emulates, dancing waltzes with Gustav Gründgens, dressed as Mephisto,

»Really, no worries at all.«

In my mind, I can hear my father snorting derisively from the couch, saying I was so keen to take my turn the goddamn dancefloor and have a share in this fucking educated bourgeoisie. And he's right. We too have crawled out of our neighbourhood, Finn and I. We have overcome the blue lines and now dance tango with the devil who grins like Gründgens or Wagner between inflamed, red ones. They will be forgiven for their antisemitism, just as I think you will be forgiven for your violence. It's an old German tradition, our admiration for strong men, for mad men, and for delicate, congenial artist types. After all, no one can blame them for being the products of their time, for

writing texts like »Judenthum in der Musik«, for saying things like: everything the educated Jew can say, »if he wants to make himself known artistically,« can »only partake in the indifferent and trivial, because his whole drive to create art is, after all, luxurious and unnecessary«. And no matter what propaganda these men sprouted, no matter how deeply ugliness had manifested in their throats, palates, stomachs (so that spitting it out again became unavoidable), they also wrote operas and created—and are still creating—identity, these men.

Officer Schmidt's eyes urge me to continue speaking. When I don't, she finally says:

»Please, continue.«

I think he raped me, violated me. That is what I want to say—that is the word I want to say, the word that overwhelms:

VIOLATION. The word is long and a fait accompli: Not only has violence been done onto someone, it is now completed, accomplished, says the word, in which the word violence seems to have begot violence.

Instead, I don't even dare to name it. In that sense, of course, you've already won,

because you

touched me when I didn't want to be touched,

and I

can't even touch the word, or the thing, or you. Untouchable.

I feel very small on the swivel chair, and the smell of different couches overwhelms me, my father's couch, the

couch on that day, the couch in the break corner of the school where policemen once took Finn away and I stood there staring at his back speechlessly while it happened. No amount of Febreze will help with the stench.

»It was in August,« I begin, my voice sounds foreign, three eighth notes with a final third jump from G to E flat, »Last summer. It was hot. Really hot. The kind of hot that makes everything sweaty and uncomfortable. But because it's summer, you can ignore it, because the colours are so vibrant. I'd bought some Coke. Bad for your teeth, good for the mind, for staying awake. I hadn't slept the night before. A premonition or something, I don't know.«

»You don't have to go into that much detail.« Officer Schmidt smiles at me. At me her little ward from the wrong side of the tracks.

»Sorry. He arrived, it must have been 5, maybe 6. We were going to meet for work.«

»For work?«

»Yes, to work on an art project about communication.«

The irony.

Always with you.

»There's also communication between us that proves all of this,« I add, »Emails, text messages. But in English. His native language. Mine, too.«

»But you're German?«

ID, please.

»Yes. My father is from Ghana. I don't know much about my mother. She was German, though, or is German. That's why I'm German.«

»I see.« She nods, I must have said the right thing, found the appropriate bon mot, the category she was looking for, »And the person you're pressing charges against?«

»He's from England. I don't know exactly where he's from, he told me different things. I think from the north of England somewhere.«

Schmidt nods again.

»Can you forward me the emails?«, she then asks. »Here.« She uses a new sheet of paper to write down her email address and slides it to me over the white, roughened plastic surface of the table. First name, last name, at-sign, city, police, top-level-domain.

»Daisy Alraune?«, I ask.

Schmidt blushes, little red veins widening under porcelain skin.

»My parents are from Freiburg.«

»I heard once that Freiburg is the sunniest city in Germany.«

Daisy Alraune Schmidt looks at me.

»Yes,« she says, and there's something in her voice that I can't quite place, »It has the most hours of sunshine.«

**

Europe is carved out of sodomy and violence. Zeus again, this time disguised as a bull, who usurps her, who, like all the fathers and their fathers and their fathers reaching back to the beginning of time, believes he owns everything. If you view it from their perspective, from his perspective,

it's not sodomy, this outdated term, one that is now used to commit violence against minorities. From his perspective, it's not rape. The women just all foolishly resist his will, and his will is the law, is care, is love.

Europe, like all the territories in the world, was built on the bodies of women, who in turn rode in on bulls. An illusion of agency that also existed in 2017 in this summer overheated by global warming when the #metoo movement, which actually began in the context of Black feminist structures in 2006, was usurped by pink-hatted white women who make others work for them,

nasty women,

and came to Sweden, where women, including an actress, Cissi Wallin, revealed the names of their rapists on social media, hoping that justice could finally be done.

I believe in the law.

Yeah, you're the law-and-order candidate. Because it supports people like you and takes away our freedom.

Dramatic.

Only because you make me.

Anti-sexism legislation is especially advanced in Sweden, that's what they say, that's what the media says all over the world, so I guess the Swedish women can be forgiven for their naive hope. Law is not justice. It's one of the first sentences I hear from my lawyer, and after Cissi Wallin makes the name of her ALLEGED rapist public—and she has to ALLEGE just as the rest of us do, you made sure of that with your talk of promising young/older/old

men—after she publishes the name on social media, she, too, must admit: Justice is not just.

The justice system in Sweden is twofold. First, you name the ALLEGED perpetrator, and then they can file a complaint for DEFAMATION. The system in Sweden is twofold, which means that the law is twofold, as well. Cissi Wallin's ALLEGED abuser files a defamation complaint. Now, she has to prove that there is a justified public interest in the ALLEGED rape without repeating statements that refer to the ALLEGED incident, so as not to aggravate the ALLEGED defamation. In Sweden, land of freedom and equality, where men participate in care work and take more government sanctioned leave than elsewhere in Europe to raise their children, men still want their name to be defended, and all women who publicly name their ALLEGED abusers and are charged with defamation fail this first hurdle.

It's just justice.
Again, justice in your favour.
Doesn't mean it's justice. Or just.

Even though her psychologist can confirm her version of events, even though there are other women who have experienced SOMETHING similar with this man, VIOLENCE is not allowed to be named, and so the court rules: NO PUBLIC INTEREST. Cissi Wallin now has a criminal record. If she speaks up again or writes about the matter, she might face prison time. If no one says anything, the world can remain just, *super, duper*, as ABBA sings. ABBA is the end of civilisation anyway, you'd say,

this thoughtless sequence of sounds underpinned by even more thoughtless lyrics, and I have to agree. Nevertheless: *It's a rich MAN's world*, and women's pleas to be heard are ignored in Sweden, as they are in the rest of the world. Not even rich, blond women without melanin have a chance at success. How can others even hope to defend themselves.

Again, an oversimplification.

Shut the fuck up.

You're the one who can't stop judging me
by my worst qualities.

**

Of course, what you say is true: your worst qualities are not your only qualities. That would be a lot easier.

In our time together we meet people we both dislike, whose behaviour you call cunty and whom I call assholes. Although we are opposites, there are things that unite us from the start. We can both be sharp-tongued and blasphemous. We bond over other people's supposedly bad taste, their disinterest in the world, how boring they all are, and how exciting, by contrast, we find ourselves to be. Your narcissism is more contagious than any virus, and you pull me into your narcissist's lake, make me fall in with you. You're ambitious, curious, want to know everything there is to know, just like me. We walk down the streets after overindulging in luxury, four-course meals in restaurants from Michelin guides that leave us bankrupt and happy. This reflects a shared desire, one that is as nauseatingly

neoliberal as it is honest. You find the right words for everything, you are someone who has answers, who resists simplistic takes and prejudices. You confidently navigate that scene, so familiar to you, and confide in me that all you really want is to be happy.

It's all simple, trite, a hollow phrase, just like: Your happiness comes at the expense of others. And everything you say, everything you lull me in with in these first weeks and months of getting to know each other is good old love bombing. Thousands of compliments. A clever tactic. It's all a routine for you, it's almost dreamlike as we make our way through a taxi stand and you take my hand for the first time. Maybe for the second time. It's soft and cold, your hand, it's never done hard labour a day in its life. Those long fingers, pianist fingers, the carefully trimmed nails, the well-kept nail beds (and this despite the fact that I often see you chewing your nails in secret). And from the hundreds of dreams that have followed since, I am intimately familiar with every one of your later movements. I can feel your zipper pressing against my thigh, and in these hundreds of dreams I again don't ram my knee into your crotch. Instead, I once again let you wear yourself out on me until it's too late and you've destroyed everything in less than fifteen minutes.

**

»He's actually always been a dolphin, though,« I imagine telling Officer Daisy Alraune Schmidt, interrupting

my account of what happened. Daisy Alraune, Daisy *Mandrake.*

»A dolphin?« this imaginary version of her would ask, confused.

»An asshole. Dolphins are the assholes of the seas. They choke fish, juggle them on the water surface, tossing them back and forth from wet nose to wet nose. Dolphins rape…«

»They rape?« Now there would be understanding in her eyes.

»Yes.«

»We have to stop them.«

But dolphins also save people. And because dolphins save humans, you don't expect them to be mean, to rape, to murder, to torture. Just as you wouldn't expect Sweden, the land of Pippi Longstocking, the land of gender justice and feminist politics, to do what it did to Cissi Wallin. It's the perfect cover,

behind the right words and phrases,

behind *Believe women. Believe victims.*

Dolphins don't make short work of it, either. They enjoy playing with their victims.

I wish it were true that you had destroyed everything in those fifteen minutes, but my brain can't recategorise the concept of you quite so quickly, readjust you between grey cells and neuronal pathways. It keeps you stuck in this category of vulnerability and rationality and empathy, in all the facets of your acting. As far as dolphins are concerned, rather than shouting, »There they are, the bloody

murderers, get them!«, we are happy to see them as we cruise the Pacific on ships and boats.

So maybe the hunters in the bay of Taiji in Japan, where between March and September dolphins are rounded up in a drive hunt to kill most of them every year, dyeing the sea red with their blood, know something we don't. Maybe PETA and others are wrong when they decry the whole thing as unnecessary cruelty.

It's hard for me to stay present here, in the white and grey surroundings we are in, to stay present even as Officer Schmidt's watchful eyes are upon me. It's difficult to get out of these what-if spirals when your music keeps playing in my head, tearing everything apart and drawing new red lines.

»Hey,« Finn says, »come back.«

It's not like I want to stay.
But you can stay.
I just said, I DON'T WANT TO.

»Do you need a break?«

I shake my head, pick up where I left off and go on, spewing out words like salty water I choked on in your ocean.

**

What do I do in the days after it happened, how much can I remember? My blanket is red. I sleep too much. I don't cry in the bathtub. I eat too little. I eat too much. Phone calls in the evening and in the morning. The voices on

the other end of the line range from impatient to angry to sad to a sympathetic rustle, high and low voices in all frequencies. Maybe you will write a symphony based on them.

My red blanket. Letters in white and grey spell out *Good Night* and *Sweet Dreams.*

I eat well. I cook many new dishes, and mountains of Jollof Rice, the scent of chili and garlic permeates every corner of the apartment. It emanates from the blanket, too.

I go into work and write sentences like:

Only The Best For Your Skin.

Soap. Nothing Else.

Meanwhile, the smell of Jollof is still on my skin, spreading through the office.

I lose myself in meaningless routines,

I lose myself in work,

I become part of the neoliberal dream.

I don't visit the studio in the months after it happens. All the work there comes to a halt because it is connected to you.

You dream of labour after all.

I stifle every note that reminds me of you. I no longer listen to songs and switch whatever I'm watching to silent when the soundtrack swells in the background or the song or score reminds me of you. I rename every character that shares your name, treat them like all the other red lines, like the unenterable neighbourhoods and tram lines I must avoid. Sometimes, fantasies overtake me. I imagine going into all of the music shops in town

and ripping out all of the piano keys and then driving up to your front door in a truck and dumping everything there, a huge mountain of piano keys, so high that you can't get your front door open and starve. And then I'll come and set up a camp cooker in your backyard and cook Jollof Rice on it. Or I'll borrow a crane and transport a grand piano through the streets of the city. Then, when I reach your wealthy apartment complex, I'll smash in the floor length windows on the ground floor where you live, tear everything to pieces. I'll step in through the broken window with a baseball bat and rage and give a new meaning to the word sodomy.

But nothing like that happens in the days that follow. Instead, I return back to normal and ignore your messages, and I don't sit crying in the bathtub or in the shower. Viewed from the outside, one might assume that nothing's happened at all. It's only my sleep that lets me know something's wrong, when I wake up every hour with the smell of the couch in my nose. Then I reach for my mobile phone and dial friends' numbers until someone picks up.

»Oh, babe, what does normal even mean?« Max asks when I tell him I'm not normal, »Until 1994, Germany criminalised homosexuality in paragraph 175, a fucking Nazi paragraph! And it was perfectly legal to rape your spouse until 1997! 1997! What the normies consider normal doesn't matter, love!«

**

I tell Daisy all of this. She doesn't know what Jollof Rice is. I tell her most people don't and explain that it's a rice dish that exists in many West African countries. That the Nigerian version is particularly well-known, and I suppress the strange urge to invite her over to cook it for her sometime. I leave out the fact that a Jollof Rice recipe is probably the only thing my father will pass on to me. Daisy Alraune Schmidt nods patiently while I tell my story and repeats that I should concentrate on what is essential. I want to say that she's the one who asked. Instead, I nod in this very quiet, little white and grey room, where we've been sitting for an hour or more now, where I tell my story and she takes notes and Finn is a firm presence behind me. I want to ask whether Daisy believes me. I can't quite gauge whether she does. The mobile phone in my pocket vibrates, but the sound seems to bother only me.

There is a knock on the door. Daisy, sitting with her back turned towards it, shifts to the side,

»Yes?«

The door opens to reveal one of the Coverboy Cops, a young, good-looking man. He has broad shoulders and slim hips and a bodyfat percentage of no more than five percent. The smell of Lynx body spray wafts in, permeating the whole room. In one of his big hands, he holds a glass of water. A little excess force would probably make it shatter, make the water spill out onto the floor.

The policeman's attention seems entirely focused on Daisy. He's a tough guy, with a Northern German demeanor, but his eyes mirror Finn's and mine. There's something phenotypically different about him, something that's more likely to be found on the profiling poster than anywhere else in this station. Oriental type. Long lashes, fiery eyes, and, when he's clad in blue, staunchest advocate of German values.

»How much more time do you need, do you think? We need your input.«

He hands Daisy the water. She accepts it with a grateful nod.

»Maybe another hour?«

»An hour, alright.« He pauses in the doorway for a moment longer, as if to say something else, then apparently decides against it. He pulls the door shut very gently behind him as he leaves. The scent disappears with him. I wonder what their relationship is, Daisy's and his. Whether he has already dared to flirt with her on one of their police outings. I imagine that she always refuses him with a polite smile, and that he accepts that, respects her boundaries, and always asks her if she would like something to drink. She should stay well hydrated, after all.

I also wonder what his name is, whether they can pronounce his name here, or if he has one of those names that would have made any other profession impossible, because ever since my time at university, I have come to understand how important names are, what the *Kevin effect* means, that not only looks, but also names are used

to infer belonging, and can shut many doors right in front of you that might otherwise have remained accessible against all odds.

**

In Hanau in 2020, nine people who don’t look German are shot dead: Gökhan Gültekin, Sedat Gürbüz, Said Nesar Hashemi, Mercedes Kierpacz, Hamza Kurtović, Vili Viorel Păun, Fatih Saraçoğlu, Ferhat Unvar, Kaloyan Velkov. When the police arrive at the scene, they suspect the victims, some of whom are injured, of the crime. To this day the perpetrator’s father stalks the survivors and their families and unrelated children. With a German Shepherd, he sometimes stands in front of the windows of the bereaved families’ houses, sometimes in front of a playground in town.

There are problems with emergency calls getting through on that day. The police arrive at the scene much too late, and don’t help the victims before they can have a look at their

IDs,

and in an interview one of the murder victim’s friends says:

»I’ve been telling the same story for years now, and nothing changes. And I have to stay there, in that moment on that day, I am catapulted back there again and again, I am

catapulted back.

Nothing changes.«

Dark times have returned in Germany, but it has been murky for quite a while. I discuss this with you, too. But you, unaffected and untouched, say that there is always something, that there is suffering everywhere. How can one balance the suffering of some against that of others, you want to know, and I have to agree with you, because the logic behind it is flawless.

You're really making me seem like a sociopath.
Credit where credit is due.

**

I can't imagine, sitting here, that Daisy would have reacted the way the police did in Hanau. Her green eyes—or are they blue?—concerned as they are now, would have lost none of their compassion.

»So it was 11 pm?«

I need to be more concentrated. If I'm not concentrated enough,

then you'll get away,

then the noise emanating from the hallway turns into Rachmaninoff

to the seriousness of Eastern European composers you admired, but could never imitate in their preciseness. You could never quite mimic their sound.

»You can either burn the emails and text messages onto CD or bring them to the station on a USB drive. You can also forward individual messages via mail.«

I am your vengeful spirit. Crazy. Untamed.
The storm in your head that will not leave.
All you are is bad song lyrics, the smell of whiskey
and a receding hairline.

**

Because I know that not only looks, but also names are used to infer belonging and can shut many doors right in front of you that might otherwise have remained accessible against all odds, I call myself Rahel and conceal the fact that my father actually named me Destiny, that Rahel is only my middle name, one of the few reminders of my mother.

Because of the name and the few tidbits of information I have from my father, I've always known that my mother was Jewish. When I was twelve, almost thirteen, I read everything I could find about Judaism on Google, and then celebrated a private Bat Mitzvah with Finn. It was a celebration without money or a rabbi.

»Actually, I'm supposed to get money,« I told Finn, »Bat Mitzvah money.«

»I only have Pokémon cards.«

»That'll do, too.«

He gave me three rare glitter cards. One had Charmander on it. A few years later, that card was worth around €150.

And we bought way too many buns at a kosher bakery on Grindelallee, and then just ate them dry, because

I wasn't sure if the Nutella would have ruined them and made them somehow less kosher.

»Are you even sure your mother's Jewish?«

I nodded, even if my doubts on the matter prevented me from going to one of the two congregations in Hamburg to ask someone who might have known betterr—i.e., the two rabbis of the two congregations, who, as I found out years later, didn't get along—because what if my father hadn't told me truth. I nodded, because I wanted to belong to people whose parents weren't always eyed suspiciously by men and women clad in blue drawing blue lines around our neighbourhood. I wanted everyone to know that I was Jewish, because being Jewish would mean that the other part of me was less visible. It would mean the possibility of passing as white, at least for the police. And no matter how short-sighted and wrong it would turn out to be when I gained a deeper understanding of this city, of this country, at the time I imagined that as a Jewish person, I could expect more empathy.

The greatest danger for Germany lies in the fact that the former Allied nations offered and continue offering a form of forgiveness and reconciliation for the crimes of the Nazi era, although they are not the ones who can hand out that forgiveness. It's an offer that can only be made by the victims and their families and descendants—if it can be made at all. This is understood no more by the former Allied powers than it is understood by German politicians. Scholars who know more about these things than I do have written extensively on the matter, and there

is empowerment in there somewhere for someone. But not for me, because, it seems, being Black means being Jewish doesn't count, being a victim doesn't count, and I can't make or be the sacrifice they expect of me based on their script.

We live in a society.

The corners of my mouth twitch at your words, because of course you're right: there's no place for retaliation or for vengeful women.

You said so before.

Passive resistance, willingly allowing oneself to be hurt, exposing the violence of others in that way, that is the only form of resistance that seems to be permissible. Fuck that.

You said so before.

Fuck that.

All I have is half a script and the baseball bat in my fantasies.

That's not enough to break you. Finding a way back to myself, into a role that neither you nor society has predetermined, that's the goal. At least that's what my therapist says.

You, however, fight with unfair means. At night you cut me down in my nightmares, during the day you overpower me with smells and sounds. It's not enough to just bring me down, though.

You fight with unfair means, because if there's one thing you've had in your possession all this time, it's INFLUENCE over me.

Influence that I gave to you,

and I wish that this influence, that you would become insignificant. Nothing would hit you harder than to have people who have something to say pick apart your compositions and make you realise that they have no value. That your only means of expression is as superfluous as you are. Because despite everything, you do need to be loved. Again, Finn would interrupt my thought spirals if he was aware of them, and again I am grateful that he is sitting behind me. We don't talk much, we never have, but we have always understood. We have always understood each other, and yet sometimes reacted too late, or failed to react when we should have. When the officers pick Finn up at school, he is fifteen. They interrogate him for several hours about something that later turns out to be someone else's crime. I think I understand for the first time that day, and in the days that follow, how interchangeable our bodies are.

I think that when it happened, my body was interchangeable for you, too.

Because you make my body interchangeable in that moment, I can't listen to it in the weeks that follow when it needs sleep or is hungry. It hangs around me uselessly, skeleton, muscle, fat and skin, becoming a strange sack that clings to me and weighs me down. The bruises you left behind this time are the same and different. These are the sentences people want to hear, the sentences that fit into their *Special Victims Unit*, or into their Danish crime series where violence has begot young girls from the beginning. They don't want to hear that I cooked the

best Jollof of my life the week afterwards and that in my insomnia I finally finished the comic I'd been meaning to finish for years, the one about cats in space. They want to hear that I am not able go to the studio, but not that I do finally go back there after two months. They want clarity. They don't want to hear that in my head the after overlaps with the now and the before, so that I can't tell for sure whether I was the way the script dictates. Because I know all of this, I don't tell anyone any details at first, except Finn, neither before nor after.

What I do know for sure is that people would be irritated if they knew that in the two months after what happened I think more about Finn than about me. I think about the day he was arrested, about the officers who were most definitely not on Team Police Calendar.

They came into our break room. We were sitting there on the couch, an old thing, red and full of ink stains, sharpie marks, the indented remains of break time sandwiches. I think we were talking about new Pokémon cards that Finn's little sister had got as a present somewhere. That this was a new generation of Pokémon that we couldn't quite understand. Or maybe it was about a new track Finn had created, a new beat that I'm sure you would have dismissed as too simplistic. Anyway, we were sitting with our backs to the officers and didn't see them coming until they approached us, until they said Finn's name, told him he was suspected of armed robbery. It turned out afterwards that this supposed armed robbery had actually only been a simple theft, which Finn had not committed,

but which had been committed by another Black teenager. The officers handcuffed Finn and we looked at each other in disbelief and despair and quiet anger. They took him away and I didn't move. My legs were fused to the ground.

That was the first time I felt completely helpless, that day in summer all those years ago, and many summers later, I feel that way again. Always in summer, hot and sticky, filled with Solero ice-cream and dreams and trauma.

We never talked about it in detail.

He was back out on the next day, but Finn didn't come to school for a week or so afterwards. I went to see him at his place every day during that week, silently picking up the second PlayStation controller. We played Tekken and FIFA. Sometimes I watched him play GTA.

For Finn, only this digital space could ever give him any kind of relief, an escape from reality. It was and is only in the digital space that he feels he can ever amount to anything, that he gets to be everything he wants to be, that he gets to try out roles he chose for himself, be it cowboy or gangster. I, on the other hand, have my father, whose mother was also white. My hair is straight, no curls, not frizzy, it's easy to manage, and my skin is so fair that *they* sometimes don't see me when I'm out with Finn,

»ID, please,

not yours, that's okay.«

And even now, Daisy Schmidt has been keeping an eye on Finn. I can tell, even when I'm speaking and she's nodding and taking notes. Even though she's listening to me now, at any moment it could happen, I know it can.

She'll call for her colleagues and they'll storm the room and they'll drag Finn away and I'll stare helplessly after him again, and any scar left behind afterwards will be a thousand times more visible on his skin than on mine.

The fact that my skin is so pale is also because of the SPF 50 sunscreen I use every day, and because of bleaching creams from South Korea and Jamaica that are not allowed in Germany. That's how I started to break down my body long before I ever met you, squeezing it into a shape and colour for those who are allowed and able to make decisions. Just like you tried squeezing it into something different later.

**

At some point, many sleepless nights after what happened, from which I wake up, cliché-like, drenched in sweat, Finn suggests I go to therapy. I refuse for some time, but I finally give in, although I have to go to a private practice, because therapy covered by health care would not have been available for another eight months. Damian drives me up the winding streets into the luxurious neighbourhood that is Hamburg-Eppendorf, without knowing where it is that we're going. It's almost autumn, but the day is sunny. Red and yellow leaves fall lazily from the trees, lining the roadsides. Eppendorf is full of old villas, white, large, magnificent, imposing buildings. Some of the impressive entrances are lined with stucco. The therapist has a »von« in her name, hinting at an aristocratic

background, which is inconspicuous among all of the other aristocratic surnames on the gold-framed nameplate above the doorbell. She meets me at the door and lets me in. She is younger than me and has chestnut hair, pale skin and ruddy, healthy-looking cheeks. She leads me through a corridor into the therapy room. The whole place is a pastel nightmare in my opinion. Everything seems to have been designed to calm down patients, from the strategically placed plants to the motivational posters that sprout sayings such as »Breathe in, breathe out« and »The only behaviour you can control is your own.« Like almost every therapist I've ever met, she wears loose-fitting clothing in earthy, warm colours. It smells of oranges and tea. The baby hairs on my forearms stand up and I'm reminded that I have to get rid of them. In my mind I hear you making fun of her, of the therapist, as you do of so many other women.

There are no good women left.

Shut the fuck up.

My fingertips burn where they touch the keyboard on the screen.

You already said that.

We sit opposite each other, the therapist and I, in very comfortable armchairs fashioned out of soft leather. I adjust my body, but I just can't get rid of that smell.

»Tell me, why are you here today?«

»Because I'm not very good at picking myself up it seems?«

She laughs and I realise immediately that I was wrong about her. There are these types of people who have an

honest interest in changing things for the better. She is one of them, too, despite the privilege that drips from every corner of the room here, from the framed degree certificates from elite German and English universities to the furniture made out of real wood. I dare to make a somewhat sentimental advance and tell her more.

»I understand completely.«

And I believe her.

**

The first painting I ever consciously finished was of Finn. So many times we were asked, at school and later in our lives, whether we were lovers. We never were. We've seen each other naked. We know more about each other and from each other than anyone else. Friendships like ours, we have been told so many times, do not exist.

You too were jealous of Finn. Once, when we were in an art gallery, watching a film in an exhibition which showed a block of ice being engulfed by waves over and over again until it became part of the water and was absorbed by it, you said:

»I don't want Finn to be there afterwards.«

I was surprised for a moment, but then agreed, and then, later, while you were cooking steaks and after we had listened to the great deaf master, I asked:

»Why didn't you want Finn to come?«

Your gaze gave nothing away, and you didn't answer. By then the love bombing was over, and it's true, as

moderately good bands sing, that you can't meet the same person twice. It's all over, the chapter slammed shut, torn, burnt. And like the British comedian we once watched together before it all collapsed

said

maybe every relationship is just slowly recognising one another, finding out you never actually liked the other person that much for who they really are.

But this comedian never met you, never felt your fingers on his skin, tearing apart C minor, D minor and everything major. Otherwise, he would have said to you:

No matter how hard you try, you'll always be a sad little boy who needs to break things to get attention, to feel seen, validated, loved, and I recognise you now. But that's not my responsibility.

And if you hurt me
I do not have to forgive
and if you violate me
I do not have to forgive
no matter who you are
who your family is
how ambitious or promising you may be
or what your intentions were at the beginning
I do not have to forgive.

And then the lights would go out on stage, leaving the audience in the dark, unsure whether to clap or not, while sirens and gunshots echoed from outside.

while bodies fell to the ground there between

Valkyries riding and passing judgment. Administering it.

And the first picture I ever painted consciously was of Finn, and my last one so far was of him as well. I finished painting the comic strip that had been floating around in my head for so many years. Then I called him. He came over, put his hands on mine. He slowly undressed. I saw the body I was so familiar with in front of me, just a few inches away. To an outsider it might have seemed like something else was in the air, but I knew better. He turned, glancing over his shoulder:

»Like this?«

I nodded and began using dark, warm tones, painting him just so, his back, the tendons in his strong legs, the open, trusting look he gave me over his shoulder, and the map of red lines on his body,

fire from Charmander's mouth.

**

In the days after, I read posts on REDDIT and 4Chan:

– We don't feel like dealing with rape AGAIN. It's enough, this whole #metoo thing, it's passé, water under the bridge. Men can't all be bad, #notallmen, and just to be clear: especially not us. Let's be clear on this too: most women lie.

– After all, it is mostly women who are supposedly victims of assault. ALLEGEDLY. According to their own statements. When men claim to be victims of assault or harassment, they are much less likely to be believed, yet men never lie.

- Men are rational, they are keepers of LOGOS and rulers of the world(s).

- And what about war zones, where sexual violence is used against men in particular? What about sexual exploitation in prisons? And what about the fact that male bodies are exposed to more violence in wars than women's will ever be?

- The male body is expendable because it will never give birth. Women and children first. All those men who perished on the Titanic. And Kate really could have let Jack get on that damn door, it was fucking BIG ENOUGH.

- No woman will ever be able to love me, time to lay down and rot. mgtow.

- Actually, boys just need to clean their room. It's the only way they'll ever amount to anything. They need to pull themselves together, take their role as provider seriously. No pain no gain, you know. Only the tough get to be rough.

- All I really want is to be loved. My violence is really just a silent cry for love. And I don't have proper Nazi boots. They're too expensive, what, with the inflation and all.

**

In England, more specifically at the MET in London, there are two cases of police officers raping and killing women between 2022 and 2023, abusing their power and standing over the bodies they

invade
that they will beat until they no longer move
standing over the women
whose necks they will put into their hands
whose necks they squeeze tightly until there's nothing left.

In Germany, most complaints against police officers are dropped before they go to court, and cases of domestic violence committed by officers are hardly ever reported because in Germany, you can only report the police to the police. So there is no escaping for those affected.

Nevertheless, a few months after I report my case a police officer from Bavaria stands accused of having taken advantage of traumatised women, of having taken what he thought he was entitled to. Allegedly. ALLEGEDLY. The word is important, or they'll get you eventually.

Domestic violence is rampant among American cops, as well, but they, too, hold the line. There isn't a cop on a TV show who doesn't have relationship problems,
it's because of the violence of the job,
never the violence of the perpetrator.

It is perhaps not surprising then that the twins who later wanted to join the police at our school were the first out of our class to have come into contact with the police.

You either become a cop or you become a criminal,
you write,
and my uncles are cops already.
So you never really had a choice then, did you.
I did look for beauty.

My eyebrows furrow in confusion. I reply hesitantly:

A confession?

No more answers from you.

**

Female composers in the film industry only become part of the #metoo movement years after 2017. They had been left out of the discourse because they were not visible but only audible, their voices disappearing behind their instruments. In one of the photos accompanying an article discussing the issue, a woman has placed her head very gently onto the keys of her grand piano. Her eyes are closed, but the expression on her face is anything but peaceful. It reminds me of Beate Zschäpe's expression, who, while her indictment is read out, while later the victims' relatives are allowed to speak, sits silently between her lawyers Sturm, Heer and Stahl. Beate Zschäpe later turns her back on these lawyers, whose names are so terribly fitting. But they don't leave her side, mainly because they are required to stay. Images from the trial show a mostly unconcerned and self-confident Zschäpe. As her defence strategy, Zschäpe says that she was in a codependent relationship the other two members of the terror cell, Uwe Böhnhardt and Uwe Mundlos, who killed themselves in order not to be prosecuted. Zschäpe, her hair, as the press says, dyed chestnut brown with hair dye purchased at the prison commissary, announces that they alone were responsible for the murder of nine People of

Color, German and non-German nationals, and a white policewoman between 2000 and 2007, and that she was controlled by these two men. The trial lasts for years, and the same lies come out of her mouth again and again, and the same lies are repeated by the German legal system and the state's attorney, which feigns complete innocence. As if police and the state hadn't unnecessarily diverted their attention to the families of those affected, the trial lasts for years, a trial conducted by a legal system that pretends it hadn't assumed the case to be linked to clans and gangs, that pretends the press hadn't dubbed the crimes »kebab murders« and the Hamburg police hadn't ALLEGEDLY had an Iranian medium flown in to speak to the dead victims, and Frankfurt undercover police hadn't set up a fake kebab stand to investigate non-white neighbourhoods.

It's a trial conducted by a legal system
that has no room for emotions,
and where Justice herself is trapped.
Did she consent to the blindfold?
Was her consent there—?
Is she really wielding a sword
or did someone put it in her hand,
thrust it into her hand, shouting, »See how you fare now without seeing, without recognising.«

Always the same lies.

Here the same colour of hair now covers the keys, spreading out over them. The false Zschäpe is asleep. When I have thoughts like this, I understand violence, I understand one fear turned against the other. That

because of white women like Zschäpe, or women I perceive to be white who do these types of things, I condemn white women with whom I should ally myself. Because Zschäpe is in my nightmares just like you are, like neo-Nazis in the morning sun sitting on hills, like concerned citizens in front of burning refugee homes, like »she too was a woman among men, albeit an evil one«

like the knees on the backs of my siblings.

But I need you now, *Polizei.*

**

As we leave the room, Daisy, Finn and I, that room where we sat for an infinity, the sequence of sounds becomes clearer. To the right, the corridor leads back to the lobby, but to the left, which lies in semi-darkness, we can now hear it clearly, a piano quintet, G minor, Sibelius maybe, it doesn't really matter. I stare down into the dark corridor, and I almost want to go there, to take the first step towards that familiar sound. But Finn's grip is tight around my arm. He won't let me fumble, and Daisy, who had already turned right, now turns back. In the light of the overhead lamp, her presence seems monstrous, honey blonde hair and the backlight lining the broken hairs on her head, making it seem as if her outline is glowing. Everything draws me to her as I stand here in the dark, as I stand here with Finn.

Later, Finn and I look her up on Instagram and find her. Her profile is set to private, but in the small, pixelated

square we can make out that she's running a marathon. The muscles and tendons in her arms and legs are taut, as if she could start sprinting and reach us any moment, as if her arms could wrap around us.

I need you now.

As if she could protect us.

I squint at the screen of my phone.

No more new messages.

A strand of hair glides down beside me and stays there, a black demarcation on the white floor. A line.

Epilogue

The weeks after that day at the police station pass unbearably slowly. They crawl by hour after hour. No more news. It's worse than after the incident with time frozen like this. Countless times I google »Investigation proceedings—how long«, »How long does an investigation take in Germany«, »How long do the police investigate«, »How long does a criminal case take«, »How long until you hear from the prosecution«. I even ask an AI. But the internet has no answers or, if it does, it hides them in the vastness of its codes.

I also end up on the website of a defence lawyer for sexual offence cases. There's an image of a man who looks as if he's perhaps in his early forties. He wears his hair slicked back and a blue Armani suit (blue suits, as I know from you, signal commitment and confidence) and is looking determinedly into the camera. The core claim on his page is that most victims of sexual violence don't tell the truth, even if all the statistics and studies say otherwise. He knows better, you see.

I get lost in my thoughts again for weeks, these overlapping thoughts, piling on top of each other to form a shaky tower which sways continuously in my mind, which is filled with sonatas and encroaching touches, with Brahms and Beethoven and Sibelius.

Weeks or months later, I get the summons for a follow-up interview.

This time it is not Daisy who questions me. The

interview takes place in another building in a completely different part of the city. It's a building with white walls surrounded by greenery and trees. A hidden place blending in with its surroundings. The rooms inside are larger than the ones in the police station, and the technology here also looks less antiquated. The officer who questions me is just as blonde and tall as Daisy but seems more experienced and doesn't have a fancy name. It's so *un*fancy, in fact, that I forget it right away. And for her, I am one case among many that fall into this category of

domestic violence.

Epilogue

»He was aroused.«

»How do you know?«

»I could feel that he had an erection.«

»And how did you feel it?«

»I felt his erection on my inner thigh.«

»And how did that feel?«

»Hard. Warm. Is that what—? Are these the right—? The tip was like sticky silk, the sort that silkworms spin on mulberry leaves, or maybe it felt like the silkworms themselves.«

»Where?«

»In a zoo or a botanical garden.«

»Then what happened?«

»What do you think happened then?«

»What did it feel like?«

»What does it feel like to ask like that?«

»How did it feel?«

»I was scared.«

»Why were you scared?«

»Does asking that turn you on?«

»Why were you afraid?«

»It has long been assumed that women who are not white, especially Black women, cannot be raped at all, did you know that?

»Why were you afraid?«

»It's what's called the Jezebel Complex, that is, that Black women are driven by sexual urges, that their bodies

need sex all the time. White slaveholders were doing them a favour, you see, it was a burden to them, the white man's burden, and the poor white women who had to put up with it so that their ›property‹ could be kept in check—it's disgusting. Fucking disgusting. »

»Why were you afraid?«

»It should make you feel sick, too.«

»Why were you afraid?«

»In Germany, the legal system protects perpetrators more than victims, did you know that? Unless the perpetrators are too left-wing or when they beat up Neo-Nazis. Then suddenly there's this reversal of the burden of proof. It's not just Germany, actually, but the whole world. In Germany, there's also the fact that the same judges were appointed before and after 1945. And that even party affiliation with the right-wing AfD does not prevent a person from being a judge. And then suddenly you have a judge who's a right-wing extremist, who's part of the *Reichsbürger*, domestic terrorists who want to overthrow the government.«

»Why were you afraid?«

»I didn't want this to happen. I didn't want this to happen again.«

»Did you suffer any damages?«

»Yes. I was damaged.«

»What damages did you suffer?«

»The difference between dreams and nightmares isn't clear anymore. Everything I wanted out of life is no longer clear to me, and I don't know if this sadness is mine or

belonged to him, if he transferred all his shit onto me and now I'm the one sitting here, having to listen to questions about what he did. I have to pick myself apart again, even though it's because of him and not because of me, and I don't know whether I'm allowed to scream, or you'll view it as attention-seeking behaviour, whether you'll think I'm just trying to get revenge while I'm supposed to be neutral. And what about you?«

»I just write down what you say. I *am* neutral.«

»What does that mean, neutral?«

»I am neither for nor against you. I listen to what you have to say. I don't judge.«

»You don't judge?«

»No.

I don't judge.«

I do not judge.

Epilogue

I would like to find a conclusion, something like »all was good in the end.« But it's not that easy, it can't be that simple, and all is not good,

disintegrating my body, there are still thoughts
of you—
I am in need
of time.

For weeks I've had the same dream. From beneath the frozen water surface, I watch her ride for me.

I need you now.

Don't let me down.

Gökhan Gültekin
Sedat Gürbüz
Said Nesar Hashemi

Mercedes Kierpacz
Hamza Kurtović
Vili Viorel Păun

Fatih Saraçoğlu
Ferhat Unvar
Kaloyan Velkov

Enver Şimşek
Abdurrahim Özüdoğru
Süleyman Taşköprü

Habil Kılıç
Mehmet Turgut
İsmail Yaşar

Theodoros Boulgarides
Mehmet Kubaşık
Halit Yozgat

Michèle Kiesewetter
Achidi John
Laya-Alama Condé

Oury Jalloh
Dominique Kouamayo
Christy Schwundeck

Ousman Sey
Hussam Fadl
Yaya Jabbi

Matiullah Jabarkhil
Amad Ahmad
William Tonou-Mbobda

Rooble Warsame
Mouhamed Dramé
Mamadou B. alias Johnson

Ibrahima Barry
und alle anderen in der Vergangenheit und zukünftig /
and all the others in the past and in the future